내일은
못 볼지도
몰라요

# 내일은 못 볼지도 몰라요

2015년 6월 29일 초판 1쇄 | 2017년 3월 23일 6쇄 발행

지은이 · 김여환

펴낸이 · 김상현, 최세현
책임편집 · 정상태 | 디자인 · 霖design

마케팅 · 권금숙, 김명래, 양봉호, 임지윤, 최의범, 조히라
경영지원 · 김현우, 강신우 | 해외기획 · 우정민

펴낸곳 · (주)쌤앤파커스 | 출판신고 · 2006년 9월 25일 제406-2012-000063호
주소 · 경기도 파주시 회동길 174 파주출판도시
전화 · 031-960-4800 | 팩스 · 031-960-4806 | 이메일 · info@smpk.kr

ⓒ 김여환 (저작권자와 맺은 특약에 따라 검인을 생략합니다)

ISBN 978-89-6570-260-3 (03810)

• 이 책의 국립중앙도서관 출판시도서목록은 서지정보유통지원시스템 홈페이지(http://seoji.nl.go.kr)와
국가자료공동목록시스템(http://www.nl.go.kr/kolisnet)에서 이용하실 수 있습니다.
(CIP제어번호: CIP2015016759)

• 잘못된 책은 구입하신 서점에서 바꿔드립니다.　• 책값은 뒤표지에 있습니다.

쌤앤파커스(Sam&Parkers)는 독자 여러분의 책에 관한 아이디어와 원고 투고를 설레는 마음으로 기다리고
있습니다. 책으로 엮기를 원하는 아이디어가 있으신 분은 이메일 book@smpk.kr로 간단한 개요와 취지,
연락처 등을 보내주세요. 머뭇거리지 말고 문을 두드리세요. 길이 열립니다.

# 내일은 못 볼지도 몰라요

960번의 이별,
마지막 순간을 통해 깨달은 오늘의 삶

김여환 지음 · 박지운 그림

쌤앤파커스

죽음을 가르쳐준

빈이에게

이 책을 바칩니다.

# 처음부터 마지막까지
# 모두가 당신 것입니다

그리고 나는, 당신이 남긴 아름다운 이야기를 속삭입니다

"이제 아내를 포기하란 말입니까?"

말기 뇌종양 환자를 상담하러 신경과 입원실에 갔다가 문전박대를 당했다. 호스피스 병동에 온다고 해서 삶이 더 연장되는 것은 아니라고 설명해도 막무가내였다. 당장 내일 떠날 수 있는 환자인데도 불구하고 가족들은 '죽음'이란 단어조차 꺼내지 못하게 했다.

또 다른 환자의 아버지는 이렇게 말했다.

"나는 김 선생 말에 백 퍼센트 동감해요. 하지만…… 글쎄요…… 그래도 아들 녀석은 아직 몰랐으면 합니다."

한창 꿈을 펼쳐야 할 어린 육체를 둔 아비에게 죽음이란 어

떻게 해서든 알리고 싶지 않은 소식이었다.

우리는 모두 그렇게 생각하곤 한다. 젊은 나이든 늙은 나이든, 행복하든 불행하든, 건강한 사람이든 죽음을 눈앞에 두고 있는 사람이든 상관없이 '그 소식'을 늦게 알리면 알릴수록 죽음과 반대 지점에 놓여 있는 '삶'을 더 열심히 살아갈 거라고. 이래저래 '죽음'은 천덕꾸러기 신세를 면치 못한다.

우리 주변의 많은 사람들이 이런 인식을 가지고 있다는 사실을 알면서도 '죽음'에 대해서, 그리고 그 죽음을 앞둔 사람들과 호스피스에 대한 이야기를 시작하기란 쉬운 일이 아니었다. 죽음이란 나와 상관없는 이야기일 뿐이라고 생각하는 사람들에게, 혹은 상관없는 이야기였으면 좋겠다고 바라는 사람들에게 그들 각자의 '마지막 순간'을 떠올리게 만드는 작업은 생각처럼 쉽지 않았다.

"그렇게 죽음에만 몰두해 있다가는 당신의 삶까지 이상해질 거예요."

나를 아껴주는 사람들의 진심 어린 충고도 들었다. 하지만 각오했던 일이었다. 주변의 수많은 걱정과는 달리, 내가 꿀꺽 삼킨 죽음은 나를, 내 삶을, 송두리째 뒤흔들어놓았다. 나는 호스피스 의사가 된 후에도 죽음에 익숙해지거나 삶이 허무한 것이라고 생각하지는 않았다. 오히려 "삶이 소중한 이유는 언젠가 끝나기 때문이다."라는 카프카의 말처럼 여전히 삶이 던져주는 달콤함에 열정을 느낀다. 그런 까닭에 세상 그 누구도 피해갈 수 없는 이 끔찍한 주제가 나에게만큼은 가장 매혹적인 이야기로 들려왔다.

내가 하는 이야기는 결론적으로 죽음에 도달하긴 하지만 오히려 죽음보다는 그 직전에 일어나는 깊이 있는 삶의 이야기에 더 가깝다. 비록 암은 이기지 못했지만 그들 각자가 삶의 끝자락에서 들려준 이야기들은 결코 실패한 인생 이야기가 아니었기 때문이다.

사람의 일생 중 가장 힘든 시기는 보증을 잘못서서 거액의 부도를 냈을 때나 남편이 바람을 펴서 이혼할까 말까 망설일 때가 아니다. 이러지도 저러지도 못하고 인생의 반전 같은 일말의 빛조차 기대할 수 없는 시간들, 즉 죽음을 맞이하기 직전까지의 '짧은 삶'이다. 그 시기를 잘 보내야만 지금까지 살아온 세월을 온전한 나의 인생으로 만들 수 있다. 그래야만 남겨진 사람들의 인생도 편안해질 수 있다.

젊은 시절에 남편이 살림을 거덜 내고 여자 문제까지 복잡해지자, 견디다 못해 세 아이와 함께 친정으로 도망간 여인이 있었다. 이혼한 전남편과 25년 동안 외면하고 살아왔던 이 여인은 안타깝게도 말기 간암 판정을 받아 살 수 있는 날을 얼마 남겨놓지 않고 있었다. 여인이 임종실에 있을 때 뿔뿔이 떨어져 지냈던 가족들이 처음으로 모두 모였다. 5살과 3살짜리 아기 엄마가 된 여인의 딸은 엄마를 임종실에 눕혀두고 그동안 왕래가 없었던 아버지와 함께 뜨끈한 칼국수 한 그릇을 사 먹으러 나갔다.

이것이 바로 죽음의 힘이다.

때로는, 삶의 마지막 몇 시간이 살아온 인생에서 가장 아름다운 시간이 되기도 한다. 나는 그 여인의 마지막 모습이 얼마나 아름답고 씩씩했는지 확실히 보았다. 마치 연극배우가 연극이 마칠 때쯤 되어서야 자신이 맡은 역할의 의미를 비로소 깨닫는 것처럼.

어찌 보면 이 책은 암 덩어리를 주렁주렁 달고 살다가 떠나가는, 불행하지만 평범한 사람들에 대한 이야기의 반복이다. 사람들은 그저 "어둡고 축축한 죽음의 병동에서 무슨 삶의 비밀이 있을 수 있단 말인가?"라고 되물을지도 모른다. 그러나 사람의 생명이 칼로 무 자르듯 뚝 하고 끝나는 경우는 드물다.

내가 만났던 환자들은 마지막 순간까지도 잔잔하게 자기가 살아온 인생을 조곤조곤 이야기하고 싶어 했다. 좋으면 좋은 대로 나쁘면 나쁜 대로 귀 기울어야 했다. 슬픔과 두려움 속에서 죽음을 준비하는 환자라도 아직은 (당연하게도!) 살아 있는 사람이었기 때문이다. 그들이 속삭여준 삶의 이야기는 죽음 뒤에서도 변하지 않는 보석과 같았다. 그들은 아등바등 치열하게 살아야 하는 세상살이임에도 불구하고 "영원한 것은 없으니까, 오늘을 아름답게, 행복하게 사세요."라는 작은 희망을 지상에 남겨진 사람들에게 던져주고 있었다.

그렇다. 나는 이 세상에 남들보다 조금 먼저 작별 인사를 건넨 수많은 사람들의 이야기를 통해서 이토록 자명한 삶의 진리를 힘겹게 깨달았다. 만약 우리에게 내일이 오지 않을 것임을 안다면, 오늘 우리의 삶은 결코 평범하지 않을 것이다. 또한 만약 당신이 사랑하는 사람과 내일 다시 못 볼지도 모른다는 것을 안다면, 한 번 더 사랑한다 말하고, 한 번 더 안아주어야 하며, 오늘 깃든 행복을 있는 힘을 다해 누려야 한다. 이렇게 수많은 '오늘의 삶'이 모일 때 삶의 아름다운 결과물은 비로소 완성된다.

그러므로 "내일은 못 볼지도 몰라요."라는 말에 숨어 있는 참된 의미는 오지도 않은 내일에 대한 불안과 분노, 두려움과 슬픔에 오늘의 행복을 양보해서는 안 된다는 것이다. 우리는 오늘 더 사랑하고, 오늘 더 행복해야만 한다.

나는 철학자도 성직자도 아닌 그저 암 환자의 통증을 조절하는 아줌마 의사로 7년이란 시간을 보냈을 뿐이다. 깊이 있고 현란한 언어로 삶의 의미를 해석할 수 있는 능력도 없고, 죽음 뒤의 삶에 확신을 가질 만큼 종교적인 신념도 없는 사람이다. 하지만 나는 권위 있는 의사가 아닌 아름다운 호스피스 의사가 되고 싶은 의료인으로서, 나의 엄마를 호스피스 병동에서 떠나보낸 한 사람의 경험자로서, 사랑하는 두 아이의 엄마로서 꼭 한 번은 들려주고 싶었던 인생의 마지막 이야기를 전하고 싶었다. 누구나 한 번은 가야 하는 길이지만, 모두 나처럼 이런 특별한 경험을 할 수는 없겠다는 생각이 들었기 때문이다.

나는 이제 눈치 보지 않고 당당하게 말한다.

"죽음은 더 이상 일상생활에서 구겨서 저 깊숙이 처박아버려야 할 무거운 이야기도, 그저 스쳐 지나가도 되는 가벼운 이야기도 아니다."

죽음을 앞둔 이들이 들려주는 아름다운 인생 이야기를 통해서 현재의 삶이 달라진다면, 죽음은 그 이상의 가치를 충분히 가질 것이다.

10살에 찾아오든지 90살에 찾아오든지 죽음은 언제나 예상했던 것보다 일찍 찾아온다. 그래서 한없이 당황스럽다. 내가 돌본 많은 사람들도 힘겨워했다. 그렇다고 해서 지금 당장 죽을 준비를 하라는 소리는 절대 아니다. 나중에 천천히 준비해도 늦지 않다. 준비 없이 떠나는 사람이 바로 호스피스 의사인 '나 자신'일 수도 있다.

죽음을 '준비'하는 것은 물론 중요한 일이지만, 삶의 큰 그림을 그려보면 그 자체만으로는 뭔가 부족한 게 있는 것만 같다. 오히려 나는 많은 사람들이 이 책을 통해서 죽음을 앞두고 있을 때 부딪치는 낯설고 당황스런 상황에 대한 준비나 대처 방법보다는 죽음이라는 어둔 그림자가 드리워진 상황에서 어느 순간 밝게 빛을 발하는 삶의 속살을 만났으면 좋겠다.

사람들은 한결같이 "사람은 참 바뀌기 어렵다."라고 이야기한다. 하지만 극한 상황에 맞닥뜨리면 몰라보게 변하기도 하는 것이 사람이다. 그래서 우리 인생의 가장 극한 상황을 매일같이 마주하는 호스피스 이야기를 통해 숨기려야 숨길 수 없는 삶의 밑바닥에서 고스란히 드러나는 인생의 진정한 이정표를 보여주고 싶다.

죽음으로도 해결되지 못하는 감정 정리의 필요성이라든지, 마지막에 지켜주는 사랑이 왜 진짜 사랑인지, 또 하고 싶은 일보다 해야 할 일을 하는 것이 더 인간답다는 이야기들도 해보고 싶다. 그래서 죽음에 대한 올바른 인식과 함께 당신이 좀 더 현명한 당신 삶의 주인공이 되었으면 좋겠다.

"어쩌죠. 순애 님만 안 아프시면 남부러울 것 없는 가정인데……. 어렵게 공부한 아들도 이제 취직했고, 게다가 예쁜 여자 친구도 생겼잖아요."

"그러게 말예요……. 하지만 어쩔 수 없죠. 삶이 다 제 것은 아니잖아요."

죽음 앞에서 이렇게 차분하게 말하는 반백의 깡마른 그녀를 어찌 잊을 수 있을까?

내가 돌본 환자들이 남긴 아름다운 마지막 이야기를 통해서, 처음부터 마지막 순간까지 모두가 당신의 소중한 인생임을 느끼게 되기를 희망한다.

김여환

차 례

# Ⅰ.

# 우리의 마지막은
# 어떤
# 모습일까?

# 2.

# 껴안고 가는
# 사람,
# 버리고 가는
# 사람

# 3·

## 그러니까
## 오늘 더
## 사랑하세요

4.

안타깝지만,
이 또한
인생이다

# I.

우리의 마지막은
어떤
모습일까?

# 우리의 마지막은
# 어떤 모습일까?

제자 계로가 공자에게 물었다.
"죽음이란 무엇입니까?"
이에 공자가 답하길,
"삶에 대해서도 잘 모르는데
어찌 죽음을 알겠느냐?"
-《논어》, 선진편(先進篇)

말끔한 표정의 신복연 할머니가 돌아가실 것 같았다.
나는 점심식사를 뒤로 미룬 채 진료실에서 미적거렸다. 거칠
고 빠른 호흡이 심상치 않은 분위기다. 신복연 할머니는 86살 말
기 위암 환자다. 305호에 입원한 11살짜리 여자애와 비교한다
면, 죽음이 뭐 그리 아쉬울 것도 없는 꽉 찬 나이다. 하지만 아
무리 그렇다 해도 세상에 호상이란 없는 것이다. 다시는 돌아올

수 없는 먼 곳으로 떠나버리는 죽음이란 어떤 나이에도 아쉬운 순간일 뿐이다.

나도 반찬 냄새 풀풀 풍기면서 사망 선언하는 것이 찜찜해서 그저 기다렸다. 잠시 후 간호사가 진료실 문을 열더니 고개만 빼꼼히 내민 채 무겁고 침울한 목소리로 말했다. "과장님, 사망 선언하셔야 할 것 같은데요……."

이제 그녀의 호흡이 영원히 멈춘 모양이다.

사람의 심장은 마지막 숨을 몰아쉰 뒤 잠시 후에 정지된다. 현대 의학은 이렇게 심장이 완전히 멈춘 상태를 '죽음'이라고 한다. 신복연 할머니의 심전도 그래프가 자로 죽 그은 듯이 일직선이 되었다.

"2012년 8월 21일 12시 42분, 신복연 할머니는 사망하셨습니다."

나는 할머니가 더 이상은 이 세상 사람이 아니란 사실을 말했다. 그리고 통증 없이 편안히 좋은 곳으로 떠나셨다는 위로의 말도 빼놓지 않았다.

짤막한 사망 선언 뒤에는 언제나 그 마지막 순간을 지키고 있던 가족의 대성통곡으로 이어진다. 그런데 오늘은 조용했다.

할머니의 둘째 딸이 낮은 목소리로 차분하게 말을 꺼냈다.

"우리 엄마가 평소에 유언을 했어요. 내가 떠나면, 울지 말라고. 자식들이 우는 소리가 들리면 뒤 돌아보느라 떠나는 것이 힘드니, 울지 말라고 신신당부를 했어요."

"아……. 하여간 대단하세요. 입원 내내 웃지 않으신 날이 없었는데, 그런 아름다운 유언까지 하신 줄은 몰랐어요. 제가 들어본 유언 중에 가장 훌륭한 유언인 것 같아요."

"과장님, 그렇죠! 우리 엄마가 암에 걸렸다고 하니까, 동네 사람들이 이제 꽃 한 송이가 지는구나, 했다니까요."

곱게 아껴두었던 꽃분홍색 한복으로 갈아입고, 흰 양말까지 정갈하게 신은 신복연 할머니의 마지막 모습은 살아 있는 그 누구보다도 따뜻해 보였다.

\*

덕수 할아버지는 일주일 뒤에 백내장 수술을 할 예정이었다. 그런데 갑자기 상복부에 통증이 생기고 황달이 왔다. 담관암이었다. 백내장 수술을 미루고 대학 병원에 가서 담즙 빼내는 시술부터 받았다. 2주일 만에 덕수 할아버지는 더 이상 현대 의학으로는 치료 방법이 없는 말기 암 환자가 되어서 호스피스 병동으로 와야 했다.

덕수 할아버지는 "어디가 가장 불편하세요?"라는 의사의 질문에 "눈이 가장 답답해."라고 대답했다. 졸지에 말기 암 환자가 된 그가 간절하게 원하는 것은 좀 더 세상을 살고 싶다거나, 이왕 오래 못 살 거 하루라도 바삐 떠나고 싶다는 것이 아니었다. 할아버지의 소망은 단 한 번이라도 세상을 환하게 보는 것이었다.

덕수 할아버지의 가족과 나는 목숨이 겨우 두어 달 남짓 남은 환자에게 백내장 수술을 하는 것이 과연 옳은 것인지에 대한 고민에 빠졌다. 안과에서는 아무런 문제 없이 수술할 수 있다고 했다. 가족들은 황천길도 밝아야 한다며 할아버지의 마지막 바람을 들어주었으면 했다. 결국 덕수 할아버지는 소원대로 피 한 방울 흘리지 않는 간단한 수술을 받았고, 남은 생애를 환하게 살다가 떠났다.

호스피스 의사로 살아온 8년여 동안 1,000여 명에 가까운 환자의 '죽음과 죽어감'을 함께했다. 살아가는 모습 이상으로 죽어가는 모습은 천차만별이었다. 죽음이라는 극복할 수 없는 한계 상황이 닥치면, 사람들은 살아갈 때와는 달리 부끄러움 없이 인생의 속살을 훤히 드러냈다.

신복연 할머니처럼 부드러운 마지막도 있었고, 다시 볼까 두려운 오싹한 마지막도 있었다. 드라마나 소설에서도 볼 수 없었던 생생하고 낯선 경험이었다. 대학생이 된 딸아이의 손을 부여잡고 부인 옆을 지키는 중년 남자의 선한 모습도 있었고, 종교가 다른 두 딸이 죽어가고 있는 어머니 앞에서 장례 절차를 이야기하다가 티격태격 싸우기도 했다. 떠나는 그 순간까지도 금고 번호를 알려주지 않는 할아버지가 괘씸해서 임종실을 박차고 나온 할머니도 있었고, 남편 분의 임종이 다가온 것 같다고 연락하니 샤워를 해야 한다며 우선 아들만 보내고 2시간 뒤에야 나타나는 부인도 있었다.

떠나가는 환자의 모습을 물끄러미 바라보면서 나는 마지막 순간이 됐을 때 가슴에 무엇을 담고 떠날지를 상상했다. 아직 찾아오지도 않은 마지막을 상상하기 시작하자 이기적이고 좌충우돌했던 삶들이 조금씩 달라졌다.

짧은 글 한 편을 쓸 때에도 마지막에 무슨 말을 쓸까를 생각하면서 쓰면 글의 흐름이 매끄러워지듯이, 인생도 자신의 마지막 순간을 생각하고 살다 보면 들쭉날쭉한 인생이 일관성 있게 변한다.

타인과의 소통도 중요하지만 그전에 자기 자신과 먼저 소통해야 한다. 자신의 마지막 순간과 소통하면 인생의 해답을 얻을 수 있다.

자신과 만나려면 가장 낮은 곳으로 가야 한다. 그러므로 임종실은 부끄럽지만 가장 볼품없고 꾸밈없는 자신의 민낯이 있는 곳이었다.

그래서 나는 자신 있게 말한다. 세상에서 가장 소중한 만남은 바로 '나의 마지막'이라고.

# 인생의 비밀이 환하게 드러나는 순간

만리 길 나서는 길

처자를 내맡기며

맘 놓고 갈 만한 사람

그대는 가졌는가

(…)

잊지 못할 이 세상을 놓고 떠나려 할 때

'저 하나 있으니' 하며

빙긋이 웃고 눈을 감을

그 사람을 그대는 가졌는가

- 함석헌, 〈그 사람을 가졌는가〉

박금자 할머니는 음치였다. 오전 11시만 되면 이어폰을 끼고 mp3 플레이어에서 흘러나오는 노래를 따라 부르는데, 음정과 박자가 엉망이었다. 하지만 도통 주눅이 들지 않았다. 목소리가 어찌나 쩌렁쩌렁한지 노래만 들어서는 3주 동안

물 한 모금 못 마신 말기 위암 환자인 줄은 아무도 모를 게다. 그래선지 "여~자이기 때문에 말 한 마디 모~옷 하고~"라고 부르는 이미자의 '여자의 일생'은 처량하기조차 했다. 어찌 됐든 환자들은 매일 들려오는 이 어색한 노래를 불평불만 없이 잘 참 아냈다.

박금자 할머니는 노랫소리만 이상한 것이 아니었다. 입원하고 한 달쯤 지나서 생판 모르는 청년 2명이 아들이라면서 떡 하니 나타났다. 금자 할머니의 아들과 며느리는 입원 상담부터 가족 상담까지 매번 참석해서 내가 모를 리 없었다.

"저…… 선생님, 저희 어머니 상태가 어느 정도인지요?"

"박금자 님과 관계가 어떻게 되시나요? 아드님한테는 벌써 몇 번이나 말씀드린 걸로 알고 있는데요."

"아뇨. 저희는 전혀 못 들었어요. 저희가 진짜 아들입니다."

진짜 아들? 그동안 나하고 만나서 구구절절 장례 절차까지 상담했던 아들은 도대체 누구란 말인가?

그러고 보면 금자 할머니는 입원 기간 내내 심하게 아들 눈치를 봤다. 아들하고 따로 면담이라도 하는 날이면 "우리 아들이 뭐라고 하던가요?"라고 꼭 물었다. 아들도 그랬다. 부모님 중 한 분이 말기 암에 걸리면 보통 아픈 쪽이 우선이다. 그런데 금자 할머니의 아들은 "이러다가 산 사람부터 죽겠어요."라며 아버지 걱정부터 했다. 그럴 때마다 나는 가족마다 분위기가 다를 수 있고, 그저 아버지에 대한 사랑이 특별해서 그런 것이려니 생각했다.

나는 호스피스 첫 상담에서 환자에게 "인생 이야기를 해주세요."라고 꼭 물어본다. 왜냐하면 환자의 의학적 상태야 보호자한테서 듣는 것보다 의사 소견서 한 장이 더 명료하고 상세하기도 하거니와, 호스피스는 말기 암에 걸린 환자가 지금까지 어떤 인생을 살아왔는지에 따라 그 끝이 많이 달라지기 때문이다.

정선 카지노에서 전 재산을 날려버린 후 이혼당한 말기 폐암 환자의 마지막과 84살까지 별 탈 없이 곱게 살아온 말기 위암 할머니의 죽음이 같을 수는 없지 않은가. 인생의 마지막 병동에는 살면서 말하기 쑥스러워 덮어두었던 삶의 비밀이 고스란히 드러난다. 죽음 앞에선 꺼릴 것이 없기 때문이다.

나는 금자 할머니가 입원한 지 한 달쯤 지나서야 비로소 그녀의 진짜 아들들에게서 할머니의 '진짜' 인생 이야기를 들을 수 있었다. 금자 할머니는 15년 전에 이혼을 했고 곧바로 지금의 남편과 재혼했다. 지금의 남편은 폭력적인 전남편과 달리 따뜻했다. 재혼한 남편에게도 아들과 딸이 있었고 최선을 다하면서 행복해했다. 그러는 사이에 며느리도 보고 손자도 태어났다.

그러나 운명은 형편없이 잔인했다. 나이 예순에 십이지장 바로 근처에 생긴 위암 덩어리가 손 쓸 겨를도 없이 위장을 막아버렸다. 물이라도 마시면 구역질 때문에 식도가 찢어질 지경이었다. 금자 할머니는 하루아침에 수술조차 할 수 없는 말기 위암 환자가 됐다. 그동안 금자 할머니는 단호하게 전남편과 아이들 셋과는 인연을 끊고 살았다. 이혼 당시 중학생이었던 금자 할머니의 친아들은 15년 만에 어머니를 호스피스 병동에서 다시 만났다.

친아들들은 금자 할머니의 제사를 자신들이 모시고 싶다고 하면서 자신들을 버리고 간 어머니를 이제는 이해한다고 했다. 나는 병동에서 찍은 금자 할머니의 참한 사진들을 진짜 아들에게 이메일로 보내주었다. 한편, 그들이 다녀간 뒤부터 나는 금자 할머니처럼 그녀 곁에 있는 의붓아들 눈치를 봤다. 행여 말실수를 해서 서로에게 상처를 줄까 두려웠다. 친아들들이 왔다는 등등의 이야기는 일체 하지 않았고 간호사들에게도 조심해 달라고 부탁했다. 환자의 인생이 힘이 들면, 호스피스 주치의도 힘이 드는 법이다.

금자 할머니에게도 인생의 마지막 순간이 찾아왔다. 사망 선언을 하러 임종실에 가보니, 금자 할머니 옆에는 지금의 남편과 친아들 두 명이 따로 서서 그저 나지막이 흐느끼고 있었다.

사랑은 죽음보다 강한 것일까? 삶의 끝자락에는 의심스러웠던 사랑이 단단해지기도 하고, 철석같이 믿었던 사랑이 모래성처럼 무너지기도 한다. 암 덩어리 때문에 얼굴이 심하게 부풀어 오른 젊은 여인 옆에서 환한 모습으로 끝까지 곁을 지켰던 젊은 남편도 있었고, 죽어가는 부인이 무섭고 소름끼친다며 간호사에게 간병을 부탁하고 밤에 집으로 몰래 도망가서 자는 남편도 있었다.

이런 일을 한 번씩 겪고 나면 괜히 가만히 있는 남편을 속으로 의심해보기도 한다. 과연 이 사람은 나의 마지막을 지켜줄 것인가? 분명한 것은 우리는 아직은 아무것도 모른다는 것이다. 그리고 언제나 진실은 삶의 마지막, 심연의 밑바닥에 있다. 그래서 호스피스 의사는 "사랑이란 마지막까지 함께하는 것이다."라고 말한다.

사랑은 죽음보다 강한 것일까?

삶의 끝자락에는

의심스러웠던 사랑이 단단해지기도 하고,

철석같이 믿었던 사랑이

모래성처럼 무너지기도 한다.


언제나 진실은 삶의 마지막,

심연의 밑바다에 있다.

나란히 놓인
침대에서
꾸는 꿈

우리 모두는 늙는다. 그리고 언젠가

자기 차례가 오면 죽는다.

그렇지만 우리가 두려워할 것은

늙음이나 죽음이 아니다.

녹슨 삶을 두려워해야 한다.

삶이 녹슬면 모든 것이 허물어진다.

- 법정 스님

건이는 올해 초등학교에 입학한다. 하지만 아주
의젓했다. 밑으로 7살, 3살 되는 남동생이 둘이나 있었고, 아빠
가 많이 아팠기 때문이다. 건이 엄마도 잇따른 출산과 육아로
몸이 약해졌다. 하얀 손목은 금방이라도 뚝 부러질 것만 같이
가늘었다. 진짜로 아픈 사람은 건이 아빠였지만 건이 할머니가
며느리인 건이 엄마를 위해 보약을 지어올 정도였다.

연골암 환자인 건이 아빠는 누가 봐도 애틋했다. 눈꺼풀 위로 탁구공만 하게 튀어나온 암 때문에 오른쪽 눈을 뜰 수가 없어 성한 다른 쪽 눈마저 토끼처럼 항상 빨갰다. 한쪽 눈으로만 보니까 당연히 어지럽고 머리도 아팠다. 게다가 암이 여러 군데의 뼈로 전이가 되어 팔다리를 움직일 때마다 아파했다. 심지어 숨을 쉴 때 조금씩 움직이는 갈비뼈에도 통증이 있을 정도였다.

암은 통증뿐만 아니라 골수에서 만들어지는 혈소판(피를 응고시키는 혈액 성분)도 부족하게 만들었다. 어떨 때는 가만히 있어도 코피가 줄줄 흘렀고 소변도 붉어졌다. 또 암이 혀를 지배하는 신경을 눌러 말이 어둔했고 연하곤란(음식물이 구강에서 식도로 넘어가는 과정에 문제가 생겨 음식을 원활히 섭취할 수 없는 증상)도 있었다. 물 한 모금을 잘못 삼켰다가 사레가 걸리면 몇 시간을 힘들게 보내야만 했다. 그래도 한 번씩 몰래 샌드위치를 크게 베어 먹다가 들켜서 눈을 동그랗게 뜨고 껌벅거리는 소심하고 유쾌한 환자였다.

건이 아빠는 "어어 버버"거리는 말밖에는 못했지만, 건이 엄마만은 잘도 알아들었다. 나는 어둔한 그의 말은 쉽게 알아들을 수 없었지만, 핏발이 벌겋게 선 왼쪽 검은 눈동자에서 뿜어져 나오는 강렬한 '생명의 빛'만큼은 감지할 수 있었다.

사실, 건이 아빠는 요코하마 댄스 페스티벌에서 1등을 한 아주 유명한 현대 무용수였다. 무용에 대한 열정이 얼마나 대단했는지 그가 앓고 있는 연골암도 그의 열정을 꺾지 못했다. 호스피스 병동 침상에서도 무용 공연을 구상했고, 현대 무용에 문외한인 나에게도 공연의 중요성을 설명할 정도였다. 건이 아빠가 신이 나서 공연 이야기를 할 때면 나는 각오를 해야 했다. 이야기를 듣느라 회진 시간이 한 시간을 넘길 때도 있었기 때문이었다. 그렇게 무용에 대한 이야기를 늘어놓을 때면 아무런 고통도 느끼지 않는다는 환자가 신기해서 나는 그가 말하는 내용을 그저 열심히 들었다.

입원한 지 일주일쯤 지나자, 나도 건이 아빠와 의사소통이 가능해졌다. 그가 공책에다 볼펜으로 하고 싶은 말을 쓰기 시작했기 때문이다. 그가 쓰는 공책이 훌쩍 두 권을 넘어갔다. 공책에는 공연 기획안도 여러 개가 그려져 있었다. 건이 엄마는 "그이는 건강할 때도 공연밖에 몰랐어요. 퇴근하면 아이들과 잘 놀아주기는 했지만 늘 공연에 무슨 목숨이라도 건 사람같이 살았어요."라고 했다.

건이 아빠는 병문안 오는 친구를 나에게 일일이 인사시켰다. 나는 그중에서도 몸이 호리호리한 경찬 씨를 눈여겨 봐두었다. 병동으로 들어오는 모습이나 악수를 청하는 모습이 부드러운 무용 동작을 하는 것 같았다. 건이 엄마에게 "건이 아빠도 저랬나요?"라고 넌지시 물었다. 얼마 전까지만 해도 건이 아빠는 경찬 씨보다 몸이 더 좋았단다. 나는 경찬 씨에게 건이 아빠가 아직도 저렇게 공연을 하고 싶어 몸 달아하는데 '생의 마지막 공연'을 보여줄 수 있는지 물었다.

그렇게 해서 우리는 생판 모르는 사람끼리 서로 전화번호를 주고받으며 건이 아빠를 깜짝 놀라게 해줄 공연을 준비했다. 하지만 당시 대구 시립 무용단이 정기 공연을 앞두고 있었고, 의료원도 병원 인증제 준비 때문에 대강당 사용 여부를 허락받아야 했다. 나도 엄마가 암으로 투병 중이라서 일은 조금 무겁게 진행되어갔다.

드디어 2012년 2월 23일 병원 강당에서 '모순과 거짓말'이라는 작품이 무대에 올랐다. 건이 아빠가 초연했던 작품이었다. 대구 시립 무용단원 29명이 사랑하는 친구를 위해 마지막 공연을 했다.

작품의 내용은 이랬다. 외계인이 지구로 왔는데 인간 세상에 너무나 많은 모순점들이 가득했다. 그러나 결국은 그 외계인들도 나중에는 서로 배신하게 된다는 이야기였다. 초연 때 외계인 보스 역할을 건이 아빠가 했고, 당시 관객에게 엄청난 호응을 얻었던 작품이라고 했다. 공연의 마지막에 무용단이 준비한 건이 아빠의 포트폴리오 동영상을 보면서 그가 얼마나 아름다운 삶을 살아왔는지 한눈에 알 수 있었다. 마지막에는 건이 엄마가 남편이 미리 공책에다 써둔 감사의 편지를 읽었다. 우리는 그냥 아무 말 없이 울었다. 건이와 건이 동생들은 선물로 준비한 케이크와 뽀로로 인형 때문에 모처럼 기분이 좋아 보였다.

공연이 끝나고 나는 그의 귀에다 대고 "진짜 유명하신 분이셨네요."라고 속삭였다.

그는 "유명하면 뭐해요. 지금은 이렇게 아픈 걸요."라고 힘 빠지는 말을 하기도 했지만, 공연을 무척 만족해했다.


다음 날 아침 회진에 건이 아빠가 단도직입적으로 또렷이 말했다.

"선생님, 또 소원이 있어요."

"……?"

"아내를 안고 자고 싶어요."

아! 내가 왜 그걸 몰랐을까? 그들이 아직은 젊은 부부라는 것을.

건이 엄마는 옆에서 어색한 미소만 지었다. 나는 건이 아빠의 차트에 특별한 호스피스 처방을 냈다.

305호 무료로 쓰는 2인실로 환자를 전실해주세요. 보호자 간이침대를 치우고 빈 침대 하나를 환자 침대와 나란히 놓아주세요. 문 앞에 천 가리개를 꼭 설치해주세요. 그리고 305호로 들어갈 때는 반드시 노크를 하세요.

살며시 305호 병실 문을 열어보니, 그들은 오랜만에 서로의 손을 잡고 얼굴을 마주한 모습으로 깊은 잠을 자고 있었다.

그들은 무슨 꿈을 꾸고 있었을까?

하루 중 태양이 가장 찬란하게 보일 때는 언제일까? 깊은 어둠을 깨트리고 나올 때? 가장 높은 곳에서 세상을 비출 때? 아니다. 세상의 어둠을 구석구석 다 비춘 뒤 보이지 않는 곳으로 떠나기 직전이다.

지평선 너머로 그 모습을 감추기 전에 주위를 붉게 물들이는 태양은 하루 종일 지친 우리를 위로라도 하듯이 곱게 가라앉는다. 석양이 아름다운 것처럼 인생도 활기 넘치고 건강할 때보다 인생의 짐을 완성하고 내려놓을 때 가장 아름다워야 한다.

우리는 스스로 빛을 낼 수 있는 별들과 달리 삶의 끝자락에서 혼자서 할 수 있는 것이 그리 많지 않다.

당신은 당신의 인생이 서서히 저물어가고 있을 때 어
떤 아름다움을 뿜어낼 수 있는가?

# 기적을 선물해준
## 소녀와 함께
### 보낸 나날

죽음은 오랫동안 떠내려가는 오리를
바라보았습니다. 마침내 오리가 보이지 않게 되자
죽음은 조금 슬펐습니다.
하지만 그것이 삶이었습니다.
- 볼프 에를브루흐, 《내가 함께 있을게》

빈이는 말을 잘했다. 예후 불량하기로 악명 높은
교모세포종이라는 뇌종양에 걸리기 전까지는.

5개월 전까지만 해도 빈이는 태권도를 잘하는 긴 머리 소
녀였다. 뇌종양은 수술과 항암 치료를 반복하는 동안에도 계속
악화되어 호스피스 병동에 입원할 때는 말을 할 수도, 음식을
삼킬 수도 없었다. 기관지를 절개해서 숨을 쉬고, 코에서 위까

지 관을 삽입해서 영양분을 섭취해야 했다. 의사소통이란 그저 주사 바늘에 찔리면 눈물을 흘리거나, 입을 씰룩거리는 정도였다. 동화 속 공주처럼 길게 기른 검정색 머리카락도 항암 치료로 다 빠져버렸고 하루에도 몇 번씩 손발이 덜덜 떨리는 경련이 왔다. 겨우 11살짜리가 맞이하는 죽음의 그림자는 생각보다도 참혹했다.

빈이의 부모가 처음 호스피스 상담을 하러 온 그날을 또렷이 기억한다.

호스피스 병동은 60살 넘은 딸이 90살이 다 된 노모를 모시고 오면서도 '죽음의 병동'이라며 쉬쉬하는 곳이다. 그렇기 때문에 아픈 아이를 둔 부모와 호스피스 상담은 많이 했지만 그것이 호스피스 입원으로 막상 이어지는 일은 한 번도 없었다. 아이가 아프면 죽음 직전까지 대학 병원에서 치료를 받게 하고 싶은 것이 부모의 마음이기 때문이다. 그러나 빈이의 부모는 며칠 밤을 하얗게 지새우며 세상에서 가장 무거운 결정을 내렸다.

2012년 7월 17일, 그렇게 나의 첫 어린이 호스피스 환자인 빈이가 입원을 했다.

아이의 죽음은 가족의 비극이다. 가족에게 드리워진 검은 그림자를 현명하게 거두는 방법은 무엇일까? 우리가 할 수 있는 일은 죽음에 발버둥 치며 악을 쓰는 것이 아니었다. 그저 '그때'를 맞이할 때까지 빈이를 제대로 사랑해주는 것뿐.

만돌린 봉사자는 개구리 왕눈이를 연주해주었고, 미용 봉사자는 들쭉날쭉 난 머리카락을 예쁘게 다듬어주었다. 발 마사지 봉사자는 두 발이 굳지 않도록 아로마 오일로 부드럽게 마사지를 했고, 엄마는 평소 빈이가 즐겨 읽었던 동화책을 나지막이 읽어주었다.

가을이 예쁘게 다가왔을 때 빈이는 할머니가 만들어다 주신 김치볶음밥을 먹을 정도로 좋아졌다. 호스피스 팀은 빈이를 데리고 동물원으로 소풍을 갔다. 의사, 간호사, 자원봉사자 7명, 60대 췌장암 환자 2명과 빈이 엄마 그리고 빈이까지. 걷지도 앉지도 못하는 빈이를 위해 응급차를 한 대 빌리고, 다른 사람들은 택시 3대에 나누어 탔다. 소풍 온 유치원생들이 동물은 구경하지 않고 우리만 뚫어지게 쳐다볼 정도로 대식구였다.

3대의 휠체어를 밀고 당기면서 우리는 호랑이도 보고 코끼리도 봤다. 과자만 던져주면 짝짝짝 박수 쳐주는 엉덩이 빨간 원숭이한테 관리인 몰래 오징어땅콩 과자를 던졌다. 빈이가 입원해 있는 305호 병실을 장식할 분홍색 돌고래 풍선도 샀다. 6개월

만에 병원 밖으로 나온 빈이는 살짝 흥분했다.

하루 종일 재미있게 놀고 퇴근하면서 눈물이 찔끔 났다. 빈이가 아픈 것이 내 책임인 양 가슴까지 저려왔다. 빈이가 이번 크리스마스까지는 살 수 있을까 하는 헛된 희망도 품었다. 어떻게 해서라도 살려야 하지 않을까……. 문득 이렇게 무기력한 호스피스 의사가 될 수밖에 없는 게 후회스러웠다.

나는 빈이 엄마가 내 마음을 눈치 챌까 봐 일부러 더 밝은 척을 했다. 안 그러면 우리는 하루 종일 울기만 할 것이다. 우리가 지금 해야 할 일은 우는 일이 아니라, 빈이에게 짧게 남겨진 시간 동안 이 세상에서 사랑받았다는 것을 느끼게 해주는 일이었다. 그래서 토끼, 사막여우, 사자 인형도 사주고, 아이스크림이라면 사족을 못 쓰는 빈이를 위해 아이스크림 케이크 파티도 2주일에 한 번씩 꼭 열었다.

그러나 머리로는 이별을 착착 준비하면서 가슴은 늘 먹먹했다. 살릴 수 없음에 미치도록 미안했다. 나도 딸이 있는 엄마이니까.

이별이란 관계를 멈추는 작업이다. 그래서 떠나는 아이는 사랑하는 가족이 자기를 잊을까 봐 두려워한다. 기억에서 희미해지지 않도록 추억을 남겨야 한다. 서글픈 이별의 추억까지 포함해서 말이다. 빈이가 떠나고, 빈이의 부모에게는 어쩌면 죽음보다 못한 삶이 기다리고 있을지도 모른다.

'죽음보다 깊은 삶'을 살아가기 위해서는 영원히 기억될 수 있는 눈부신 마지막을 준비해주어야 했다.

"호호호, 난 아직 여기 입원할 단계는 아닌 걸요."

"아직은 마약성 진통제를 쓸 만큼 아프지는 않아요."

"며칠 전에도 산에 다녀올 만큼 괜찮았어요."

이렇게 말하면서 멀쩡하게 걸어 들어오는 말기 암 환자가 얼마나 더 버틸 수 있을까? 나는 겉으로 보기에는 건강해 보이는 말기 암 환자들이 한두 달 뒤에는 누런 황달이 오거나 폐렴이 와서 황망히 떠나버린다는 것을 잘 알고 있다. 그러나 나는 남겨진 시간에 대해 불안해하거나 초조해하지 않는다. 그보다는 아무도 눈치 채지 못하고 있는 그 짧은 시간에 환자에게 해줄 수 있는 일에 집중한다. 칠순 잔치를 하든지, 마지막 콘서트를 하든지, 이혼한 뒤 한 번도 보지 못했던 아들을 찾아주는 일들 말이다.

그래도 나도 한 번쯤은 환자를 살려내고 싶다는 생각을 한다. 모두가 죽는다고 포기했던 말기 암 환자가 완치되는 일이 우리 병동에서 일어나기를 기대했다. 환자들은 입원해서 퇴원할 때까지 평균 27일을 살았다. 호스피스 경험이 쌓이면 쌓일수록 역시 기적이란 부질없는 비현실적인 희망이라는 것을 확신하게 됐다.

일어날 수 없는 일을 가슴 저리게 갈구하기도 하고 신에게 떼를 쓰며 의지하기도 하는 것이 오히려 인간적이겠지만, 우리에게 남아 있는 시간이 별로 없다는 것이 훤히 보이는 나로서는 그렇게만 하다가 환자를 보낼 수는 없었다. 그런 애절한 생각을 할 시간이 있으면 조금밖에 남지 않은 삶에 집중해야 한다는 것이 오랜 경험을 통해 내린 슬픈 결론이었다. 사람이 좀 민민하고 삭막하게는 되었지만 현실적으로는 이것이 옳았다.

그러나 빈이가 입원한 다음부터 나는 달라졌다. 말기 암이 완치되는 기적이 일어나기만을 학수고대했다.

빈이가 하도 밥도 잘 먹고 깔깔거리면서 잘 노는 모습을 보이기에 머리 CT사진을 찍었다. 암은 그대로 있었지만 올 때보다 체력이 부쩍 좋아져서 중단했던 항암 치료를 더 할 수 있을까 하는 기대를 했기 때문이다.

오후에 대학 병원으로 상담을 하러 갔던 빈이 엄마가 돌아왔다. 눈가가 촉촉한 걸 보니 안 들어도 뻔했다. 빈이 엄마가 불편한 내 마음을 눈치 챘는지 먼저 말을 건네 왔다.

"선생님, 저는 만족해요. 그전에는 매일 울면서 지냈어요. 그런데 이곳에 와서는 빈이가 얼마나 즐거워하는데요. 저도 하루하루가 소중하구요. 이것이 기적이라고 생각해요. 누구나 영원히 살아갈 수는 없으니까요."

그렇다. 말기 암이 완치되는 것, 꼴찌가 1등하는 것, 노숙자가 대기업의 CEO가 되는 것, 그런 것만이 기적은 아니다. 아이의 죽음을 눈앞에 둔 엄마의 얼굴에 환한 미소가 번지고, 영원한 이별이 등 뒤에 왔다는 것을 알면서도 오늘 이 순간을 행복하게 살아내는 이 병동의 하루가 멋진 축복인 것이다.

생각해보니 나는 그 기적의 한가운데에 꿋꿋이 서 있었다.

•

2012년 7월 호스피스 병동으로 입원한
12살 된 뇌종양 환아 빈이는 다행히 호전됐다.
2013년 1월 빈이네는 다시 적극적인 치료를 받기 위해 호스피스 병동을 떠났다.
마지막까지 희망의 끈을 놓지 않았던 빈이는,
하지만 그해 7월에 결국 하늘나라로 떠났다.
호스피스 병동을 퇴원할 때 빈이의 엄마가 나에게 준 편지와
신경외과에서 재수술과 항암 치료를 받고 있는 빈이에게
내가 보냈던 편지를 여기에 소개한다.

•

## 김여환 선생님! 정말 감사드립니다

이곳 호스피스 병동에 온 지도 벌써 7개월이라는 시간이 흘렀네요.

돌이켜보면 저에게는 지난 1년이 참 긴 시간이었어요. 지금까지 살아오면서 제일 힘들고 고통스러운 기억으로 가득한 시간이었죠. 처음 평온관에 상담하러 왔을 때가 생각이 납니다. 그때 남편과 저는 너무 지치고 힘들었어요. 빈이를 어디로 데려가야 할지 이곳저곳 찾아 헤매고 있을 때였으니. 정말 절망적인 순간이었죠. 마지막으로 찾은 곳에 선생님이 계셨죠.

사실, 호스피스 병동이라는 곳이 정확히 어떤 곳인지도 모르고 왔습니다. 그런데 선생님께서 빈이를 받아주셔서 얼마나 안도했는지. 이곳에서의 하루하루는 저희에게 큰 위안이 되고 불안감에서 벗어날 수 있게 해주었어요. 선생님을 비롯해서 간호사 선생님들, 많은 봉사자 분들이 저희에게 얼마나 큰 사랑을 주셨는지…….

빈이가 이렇게 좋아질 수 있었던 건 여러분들의 사랑의 힘이라고 생각합니다. 거듭 감사드려요. 지금 저희가 내린 결정이 올바른 것인지는 모르겠지만 후회하지는 않을 거예요.

선생님 말씀대로 저희는 덤으로 받은 시간을 살고 있으니 마음을 비우고 주님께 맡기려고요. 저희가 할 수 있는 것은 빈이를 더 많이 사랑해주는 것밖에는 없는 것 같아요. 여기에 와서 '죽음'은 자연스러운 것이라는 것. 누구에게는 조금 빨리 다가오고, 누구에게는 늦게 다가오는 것일 뿐 두려워할 것이 아니라는 걸 알게 되었네요.

저희가 선생님을 만날 수 있었던 것도 아마 하느님의 뜻이었겠죠. 여기서 지낸 시간들이 참 행복했습니다. 앞으로 어떤 시련이 올지 모르겠지만 평온관에서의 시간들을 기억하면 잘 극복할 수 있을 것 같아요.

고맙습니다. 감사합니다. 항상 건강하시구요…….

빈이를 잊지 말아주세요.

2013년 1월 26일

빈이 엄마 드림

우리의 마지막은 어떤 모습일까?

## 용기 있는 소녀에게

*위대하게 태어나는 사람도 있지만,*

*위대함을 만들어가는 사람도 있다.*

*- 셰익스피어*

빈아! 서울의 병원 생활은 어떠니? 엄마, 아빠가 곁에 계시고 그쪽 의사 선생님이 뇌종양 분야에서는 훌륭한 분이라서 안심을 해야 하는데, 선생님은 바보같이 아직도 빈이 걱정을 한단다. "선생님은 꼭 걱정쟁이 같아요." 라고 네가 놀릴 것 같구나. 밥은 잘 먹는지, 머리는 아프지 않은지, 감기로 고생은 하지 않는지. 지난번 수술할 때처럼 기관지 관을 새로 갈 때 피를 흘리는 일은 없었는지…… 서울까지 가서 힘든 수술을 다시 했는데 생각보다 빨리 낫지 않는다고 실망진 않는지, 온통 마음이 쓰인단다.

빈이가 7시간이나 걸리는 머리 수술을 해야 하고, 기관지를 절개한 관으로 하루에 몇 번씩 가래도 뽑아야 한다는 것을 알고 있어. 아직도 남아 있는 머릿속 암 때문에 항암제도 먹어야 하는 지금이 무척 힘든 고비라는 것도 알고 있단다. 그래도 지난번 서울 갔을 때, 수술하고 사흘밖에 안 됐는데 벌써 말소리는 또박또박해져 있고 손 떨림도 확실히 좋아져 있었어. 그때 선생님은 빈이에게 설명할 수 없는 좋은 일이 일어나고 있다고 느꼈어. 약속대로 다시 대구로 돌아올 때는 걸어서 올 수도 있겠다 싶어.

빈아! 지난가을에 함께 동물원에 갔던 거 기억나니? 휠체어 3대에 응급차까지 갔었지. 소풍 온 학생들이 동물은 안 보고 우리만 쳐다봤을 정도였으니까 대단했지. 오랜만에 코끼리도 보고, 관리 아저씨 몰래 원숭이한테 과자도 던져줬잖아. 기념으로 산 핑크색 돌고래 풍선은 한참 동안 네 병실을 장식했고.

　그날 이후 너는 부쩍 좋은 쪽으로 달라지기 시작했어. 콧줄을 빼고 밥을 먹기 시작했고, 말도 하기 시작했지. 팔과 몸을 움직이는 것이 하루하루가 달랐어. 기적처럼 모든 것이 좋아져서 다시 머리 수술을 하기로 결정됐을 때, 선생님은 정말 꿈만 같았단다.

　호스피스 병동에 있는 213일 동안 동물원도 가고 아이스크림 케이크 파티도 하고, 과자도 굽고 했던 추억을 잊지 말았으면 해. 네가 좋아져서 너를 보내야만 했던 날에야 비로소 우리가 끝이 안 보였던 긴 터널을 무사히 통과하고 있다는 것을 알았단다. 그러나 한순간도 힘든 적은 없었어. 네가 불러준 '강남 스타일'도 그 행복에 한몫 단단히 했지.

　세상에서 가장 용기 있는 소녀 우리 빈이!

　인생을 말하기엔 어린 나이지만, 넌 벌써 삶의 한가운데 우뚝 서서 누구보다 씩씩하게 가고 있단다. 선생님은 한 번도 겪어보지 못했던 것과 치열하게 싸우고 있는 빈이에게 이 한 마디를 해주고 싶어.

　사랑해.

2013년 2월 14일, 평온관에서

김여환 선생님이

접시꽃 소녀Girl with hollyhocks. 2015. digital painting. 296×420mm

호스피스 병동에 있는 213일 동안

동물원도 가고 아이스크림 케이크 파티도 하고,

과자도 굽고 했던 추억을 잊지 말았으면 해.


네가 좋아져서 너를 보내야만 했던 날에야 비로소

우리가 끝이 안 보였던 긴 터널을

무사히 통과하고 있다는 것을 알았단다.


그러나 한순간도 힘든 적은 없었어.

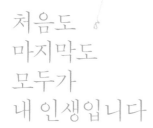

# 처음도
# 마지막도
# 모두가
# 내 인생입니다

생(生)은

신이 우리에게 내린 명령(命令)

그래서 생명(生命)

- 최인호, 《인생》

불치의 병에 걸려 호스피스 병동에 오게 되면 두 번
을 슬피 운다. 입원하는 날과 임종실로 옮기는 날이다. 입원하
는 날에 환자는 '이제 다시 집으로 돌아갈 수 없구나.'라고 생각
하며 서글피 울고, 임종실로 옮기는 날에 가족들은 '이제 진짜
가는구나.'라고 생각하며 구슬피 운다. 12살짜리 딸아이를 떠나
보내며 장례식에 참석한 사람에게 일일이 감사 인사를 하는 부
모가 있는가 하면, 살 만큼 산 92살에도 떠나는 것이 아쉬워 역

정만 내다가 임종에 이르는 환자도 있다.

죽음이란 항상 생각보다 일찍 찾아오며, 난생 처음 겪어보는 불안이 엄습해오기 때문에 상상하지 못했던 반응을 한다. 그럼에도 덜 힘들어 보이는 사람들이 있었다. 마지막 순간임을 직감하고 자신을 돌보는 일조차 잊어버린 채 최선을 다하는 가족들이었다.

75살 비호지킨스 림프암 환자였다. 소장에서부터 시작한 림프암이 위장을 꽉 막았다. 레빈 튜브(코에서 위까지 이어지는 가느다란 호스)를 넣어 인위적으로 위액을 배출시켜야만 했다. 이제 죽을 때까지 아무것도 먹을 수가 없었다. 그래도 튜브 끝에 음압 흡입기가 연결돼서 바짝 마른입을 축일 물 정도는 마실 수 있었다. 목구멍은 아직도 레빈 튜브에 적응하지 못해서 간질간질 불편했다. 숨이 차서 산소까지 주입하려다 보니 오른쪽 콧구멍에는 레빈 튜브와 산소 호스 두 개가 꽂혔다. 환자의 목숨은 큰 비닐 팩에 든 우윳빛 수액제로 간신히 유지되고 있었다. 처음 인사하던 날 들었던 환자의 말이 오랫동안 가슴에 남았다.

"안녕하세요. 처음 뵙겠습니다. 서울에서 오시느라 힘드셨죠. 어디 불편하신 데는 없나요?"라고 물었더니, 그는 "이래 사는 기 사는 기가?"라고 답했다.

재순 할머니는 치매에다 말기 위암이라 호스피스 병동에 입원 중이고, 할아버지는 후두암을 2년째 앓고 있다. 올해가 결혼 60주년이다. 아침 9시가 되면 할아버지는 양복 차림에 면도를 말끔히 하고 재순 할머니를 찾아온다. 겉으로 봐서 할아버지는 암 환자처럼 보이지 않는다.

"할아버지, 어제는 대학 병원에 치료하러 가시느라 못 오신 거죠? 할아버지의 암은 괜찮으신 거죠?"라고 물으니, "내가 암은 얼마든지 이길 자신이 있어. 근데 이겨서 뭐 하겠노?"라고 하신다.

말기 암 환자가 되면 환자와 가족은 육체와 정신적으로 이제까지 한 번도 경험하지 못한 상황과 맞닥뜨린다. 푸시시한 구차한 모습으로 마지막을 보낼 때쯤이면 원치 않았던 현재 시간이 살다 남은 찌꺼기 삶이라는 생각이 든다. 나약한 정신 때문이 아니라 몸이 약해지기 때문에 마음까지 통째로 흔들린다. 심지어 어떤 환자는 "잠 자듯이 가는 그런 약 있잖아."라고 노골적으로 말하기도 한다.

그러나 모든 말기 암 환자가 안락사를 원하는 것은 아니었다.

70살 창수 할아버지는 황달 때문에 눈이 노랗게 변한 간암 환자였다. 창수 할아버지가 입원하는 날, 나를 살짝 불렀다.

"얼마나 남은 것 같소?"

이렇게 처음부터 대 놓고 묻는 환자는 처음이었다. 모른다고 하면 의사와 환자의 관계가 어긋나버릴 것 같고, 그렇다고 다짜고짜 "비슷한 경우에 평균 한 달쯤 사시다가 가시곤 했어요."라고 솔직히 말하기도 껄끄러웠다.

"글쎄요. 앞에 계시는 어르신이 어르신과 비슷한 부위에 생기는 쓸개암 환자이신데, 오신지 두 달쯤 되셨어요. 지금은 기운이 없으셔서 식사를 잘 못하십니다. 그래도 두 달 동안 저희 병동에서 백내장 수술도 하셨어요."

"백내장 수술을?"

"앞에 계신 어르신은 눈이 밝아지는 것이 소원이셨거든요. 저희 병동에서는 암은 고칠 수 없지만 다른 모든 것은 평소 그대로 하시면 됩니다."

"두 달. 그렇게나 오래⋯⋯. 우리 집사람한테는 비밀로 해주게."

노래진 두 눈에 눈물이 글썽거렸다. 기계 만지는 것을 좋아했던 창수 할아버지는 직접 다운받은 수백 곡의 노래를 들었고, 최신형 스마트폰도 샀다. 창수 할아버지는 막내딸이 아빠 드린다고 산 300만 원짜리 시계 때문에 벌컥 화를 내기도 했다. 하지만 가늘어진 팔목에 도통 어울리지 않는 그 큼직한 시계를 차면서 마지막 순간까지 평화롭게 지냈다.

비참한 마지막은 말기 암에 걸린 몸이 만드는 것이 아니라 살다 남은 삶이라고 쓰러져버리는 마음이 만드는 것이다. 떠날 사람은 남아 있을 이를 위해 조금 남은 삶을 성실히 살아가고, 남아 있을 사람은 떠날 이가 세상에서 사랑받다가 가는구나 하는 느낌이 들도록 노력하면 서로 덜 힘들다.

처음과 마지막까지, 모두가 촘촘히 내 인생이기 때문이다.

# 당신이 남긴
# 아름다운
# 이야기들

자세히 보아야 예쁘다.

오래 보아야 사랑스럽다.

너도 그렇다.

– 나석주, 〈풀꽃〉

'뻔한' 이야기였다. 실화라는 것만 빼면 소설이나
영화의 애틋한 사랑 이야기와 흡사했다.

철주 씨는 첫 결혼에 실패한 알코올 중독자였고, 혜연 씨는
희귀한 윌슨병(구리 대사 장애로 간경화와 신경증상이 있는 열성 유전병)
을 앓고 있는 정신지체 3급 장애인이었다. 그들은 각각 치료를
받기 위해 같은 정신병원에 입원했다. 그리고 그곳에서 사랑에
빠졌다. 22살이나 나이 차이가 나니까, 혜연 씨 부모는 펄펄 뛰

면서 반대했다. 그러나 자식 이기는 부모가 어디 있던가?

철주 씨는 말도 어둔하고 한쪽 다리도 절뚝거리는 혜연 씨를 '여인'으로 봐주는 유일한 남자였다. 그들은 환자복을 벗고 새하얀 웨딩드레스와 검정색 턱시도를 차려 입었다. 그리고 혜연 씨는 고아원에 보냈던 철주 씨 전처의 아이들을 데려왔다. 아이들에겐 혜연 씨가 하나부터 열까지 부족하기만 한 새엄마였겠으나, 그저 네 식구가 옹기종기 모여 사는 것만으로도 이들 가족은 행복했다.

금세 10년이 흘렀다. 6개월 전쯤 철주 씨의 혓바닥에 땅콩만 한 덩어리가 생겼다. 설암이었다. 사위가 암에 걸렸다는 것을 알고 장인은 "내가 어쩌자고 그 결혼을 허락했을꼬."라며 가슴을 쳤다. 자기 몸도 제대로 가누지 못하는 병든 딸이 죽어가는 사위를 간병하는 것도 볼썽사나웠고, 또다시 혼자 살아가야만 하는 딸의 팔자도 서러웠다. 철주 씨의 암은 방사선 치료를 해도 자꾸만 커져서 목 뒤쪽에 사과만 한 덩어리가 되어 툭 불거졌다. 이제 그는 물 한 모금도 제대로 삼킬 수 없는 말기 암 환자가 됐다.

바짝 여윈 몸으로 혜연 씨는 남편의 몸을 구석구석 닦아주고, 통증이 생기면 비틀비틀 걸어 나와서 불편함을 알렸다. 그러나 나는 철주 씨의 죽음이 점점 다가오자 혜연 씨의 아버지가 가슴 치며 통곡한 이유를 충분히 이해할 수 있었다. 혼자 남겨질 혜연 씨는 실로 걱정이었다. 철주 씨가 떠난 후, 친정으로 다시 돌아갈 수도 없고 안 갈 수도 없을 것이다. 철주 씨가 떠나면 혜연 씨의 법적 보호자는 그녀와 고작 11살밖에 나이 차이가 나지 않는 대학생 의붓아들이다. 혜연 씨는 "나는 장애인 연금이 나와서 괜찮아요."라며 눈물만 흘렸다. 나는 철주 씨의 아들을 불러 난감한 표정으로 아버지가 떠나고 나면 새엄마와 어떻게 할 것인지 물었다. 아들은 "당연히 엄마와 같이 살아야죠."라고 야무지게 말했다.

76살 기순 할머니는 맹장암 말기였다. 없어도 되는 하찮은 맹장 때문에 목숨을 잃게 됐다. 그 나이에 흔한 당뇨나 고혈압도 없었고 치매는 더더욱 없었다. 단언컨대 젊어서 맹장 수술이라도 했다면 백수를 누렸을 것이다. 기순 할머니의 남편도 "어이쿠, 나보다 여덟 살이나 어린데 벌써 이런 병이 왔어."라고 할 정도였다. 맹장암을 빼고는 건강한 노부부였다.

기순 할머니 내외는 25년 전 맏아들을 잃은 적이 있다. 시골 처갓집에 다녀와 쯔쯔가무시병에 걸린 것이 화근이었다. 혼자가 된 젊은 며느리는 아들 제사에 와서 손자만 놔두고 황망히 사라졌다. 경기도 포천에서 수의사 하는 둘째 아들이 큰손자의 양육비를 댔다. 기순 할머니는 남편이 있는 대구와 아들이 있는 포천을 왔다 갔다 하며 살았다. 동물병원 일도 봐주고 큰아들이 남기고 간 손자도 의젓하게 키웠다.

세월이 흘러 기순 할머니는 맹장암 수술을 세 번이나 하고 서야 비로소 고향인 대구로 왔다.

수의사인 둘째 아들은 "우리 어머니 아니었으면 동물병원 일은 하지도 못했을 겁니다."라고 했다. 기순 할머니는 동물병원에서 전화를 받는 일뿐만 아니라 개의 제왕절개 수술 보조까지 하면서 병원 전반을 꾸려가는 일을 도맡아 했단다. 쭈글쭈글한 할머니가 수술 가운을 입고 동물 수술실 조수 역할을 하는 모습을 상상하니 좀 우스웠다. "할머니, 진짜 동물병원 간호사였어요?"라고 물어보니, 기순 할머니는 빙그레 웃으면서 "내가 그거만 했을까?"라며 즐겁게 대꾸했다.

그런가 하면 태숙 씨의 엄마는 암을 진단받고 두 딸에게 "엄마가 오래 못살아줘서 미안해."라고 했다. 그도 그럴 것이 20년 전 태숙 씨의 멀쩡했던 오빠가 교통사고로 죽고, 얼마 되지 않아 아버지도 당뇨가 악화되어 떠나갔다. 가족이라곤 여자 세 명이었다. 그들은 오래도록 집 안에만 틀어박혀 있었다. 태숙 씨는 방광암에 걸린 엄마가 떠나고 나면 세상에는 이제 자매만 달랑 남는다고 흐느꼈다.

호스피스 병동에서 의사 생활을 하면 뜻하지 않게 사람들의 비밀스러운 인생 스토리를 만나게 된다. 물론 흔히 말하는 성공한 인생 이야기는 아닐지도 모른다. 오히려 하나같이 암을 극복하지 못하고 죽음에 이르는 뻔한 이야기에 가깝다. 그럼에도 나는 매번 새로운 이야기를 만나듯 환자의 사연에 빠져든다. 그들이 남긴 이야기가 단지 상투적이기만 한 사생활은 아니었기 때문이다. 오히려 우리가 각박하게 사느라 잃어버렸던 삶의 진정한 가치관, 이를테면 사랑, 우정, 배려, 용서를 우리의 내면 깊숙한 곳에서 끄집어내주었다.

환자들은 오랜 투병 생활 때문에 많은 펀치를 맞아 지쳐버린 복서처럼 만신창이가 된 채 입원을 하지만, 그들이 들려주는 아름다운 인생 이야기는 따분하고 재미없는 우리의 일상을 다시 한 번 곱씹어보게 해준다.

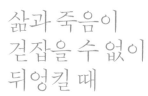

# 삶과 죽음이
# 걷잡을 수 없이
# 뒤엉킬 때

우리는 사랑하는 사람들을 절대로 잃지 않아요.

그들은 우리와 함께합니다.

그들은 우리 생에서 사라지지 않아요.

다만 우리는 다른 방에 머물고 있을 뿐이죠.

– 파울로 코엘료, 《알레프》

2012년 여름, 나는 대구 중심가의 한 아름다운 집에 있었다. 그 집 부엌은 꽤나 넓어서 말기 폐암으로 호스피스 병동에 입원해 있는 금숙 씨와 그녀의 언니 금자 씨에게 따뜻한 밥 한 끼를 대접하기에는 안성맞춤이었다. 폐암으로 호흡 곤란이 있는 금숙 씨가 입원한 지 한 달 만에 하는 바깥 나들이였다. 그래서 달랑 밥만 먹으면 허전할 것 같아 오카리나 연주자와 동요 가수를 초대했다. 호스피스 병동에서 남편과 사별한 미숙 씨한테도 연락을 하니, 딸과 함께 와서 식탁 차리는 걸 도와주겠다고 했다. 호스피스 봉사인 황 선생이 이동식 산소 2통과 휠체어를 차에 싣고 금숙 씨를 데려왔다. 모두들 암이 지긋지긋할 것 같아서 항암 성분이 있다고 하는 재료들로만 음식을 준비했다.

나는 의사 가운을, 금숙 씨는 환자복을, 미숙 씨는 상복을 그리고 황 선생은 분홍색 봉사자 가운을 벗었다. 그리고 우리는 소독 냄새 나는 하얀 병원이 아닌 구수한 음식 냄새가 나는 따뜻한 부엌에 모여 함께 밥을 먹었다.


모임 전날, 금숙 씨에게 환자복 대신에 평상복을 입고 가자고 했다. 그런데 평상복이 한 벌도 없었다. 보통 환자들은 입원하는 날 입고 온 옷을 입원실 옷장에 보관한다.

언니인 금자 씨는 "입원하기 전에 벌써 싹 정리 했더라구요. 입원하는 날 입고 온 옷도 나를 주면서 버리라고 했어요. 하여튼 희한한 아이에요. 암 진단 받던 날도 같이 따라간 조카한테 신발을 사주고 오더라니까요."라며 몰래 눈물을 훔쳤다. 그날에는 언니의 옷을 빌려 입고 '언니와의 마지막 식사'를 하러 나온 것이 분명했다.

음식 차리는 것을 도와주러 온 솜씨 좋은 미숙 씨는 모임이 있기 2주일 전에 남편을 여의었다. 호스피스 병동에 있는 동안 미숙 씨는 아픈 남편이 잠들면 어두운 병실 불빛 아래 앉아 뜨개질을 했다. 칼칼한 구정뜨개실로 큼지막한 쿠션을 떠서 주위 사람들에게 여름 선물을 했다. 나도 한 개 받았다. 죽어가는 남편 옆에 다소곳이 앉아서 뜨개질하는 작은 움직임이 목놓아 울부짖는 어떤 보호자보다 슬퍼 보였다. 미숙 씨는 암에 걸린 남편을 살리기 위해 안 해본 것이 없었다. 그러나 떠나는 사람에게 최선을 다한 사람은 상실의 슬픔에서 회복하는 속도가 빨랐다. 나는 미숙 씨를 많이 걱정 하지는 않았다.

황 선생은 능숙한 발 마사지사이다. 그가 다녀간 날은 환자들이 통증 없이 깊은 잠에 빠진다. 5년 전, 황 선생의 형이 내 환자였다. 젊은 나이였지만 온몸에 누런 황달이 와서 떠나갔다. 덩치 큰 황 선생이 형님이 쓰던 베개를 껴안고 꺼이꺼이 울면서 임종실로 들어가는 모습이 지금도 눈에 선하다. 보호자로 있다가 호스피스 봉사자가 된 황 선생은 봉사의 색깔이 남달랐다. 환자가 특별히 말하지 않아도 그 불편함을 읽어내곤 했다.

나는 지난 8년에 이르는 시간 동안 차디찬 죽음과 함께 호스피스 의사로 살아 왔다. 어쩔 수 없이 어머니의 마지막 주치의도 됐다. 죽음이 다가오면 사람들은 통증이나 피로 같은 증상에 시달린다. 적절한 의료적인 도움이 꼭 필요했다. 증상이 조절되면 살아온 그 모습 그대로 마지막까지 지냈다.

그래서 이제 와서 깨닫길, 나는 삶보다 죽음을 먼저 배우지 말라고 말을 바꾼다. 금숙 씨처럼 인자하게 잘 살면 '죽음'이란 그리 어려운 길이 아니었다.

모임이 있고 한 달 뒤, 금숙 씨는 평화롭게 세상을 떠났다.

세상은 가벼움과 무거움이 서로 경계를 불분명하게 가른 채 섞여 있다. 어떤 부분은 내가 그보다 가볍고, 어떤 부분은 내가 그보다 무겁다. 그렇게 어우러져서 세상은 좀 더 좋게 변한다. 그러나 '죽음이 다가오는 것'과 같은 결정적인 순간이 다가오면 사람들은 가벼움과 무거움의 경계선을 남김없이 드러낸다.

고함을 지르고 입원실 바닥에 소변을 보는 한 할아버지 때문에 사흘 밤낮 동안 시달린 환자들이 하소연을 했다. 할아버지를 간병하던 할머니는 "환자가 병원에 자러 왔나요?"라며 대수롭지 않게 대답했다. 그러면서 진정제도 못쓰게 하고 1인실로 가지도 않았다. 그런가 하면 뇌종양에 걸린 12살짜리 소녀는 과자를 들고 병실을 누비며 "아저씨, 빨리 나으세요."라고 하면서 환자들에게 나눠주었다.

한 신문 기자가 말기 폐암 환자에게 물었다.

"인생의 선배로서 우리에게 해주실 말씀이 없으신지요."

후덕하게 생긴 환자는 가지고 있던 옷가지며 살림살이를 싹 정리할 정도로 죽음을 잘 받아들였다. 하지만 그는 기자의 질문에 대해 쓸쓸하게 대답했다.

"저는…… 그런 것은 선배가 되고 싶진 않은데요."

그렇다. 죽음이란 일평생을 별 탈 없이 살다가 90살이 되어 마음 독하게 먹고 미리 준비해도 어려운 것이다. 처음이자 마지막으로 맞닥뜨리는 죽음은 아무리 노력해도 익숙해지지 않는 법이다.

죽어가는 사람을 많이 돌본 의사로서 한 가지 분명히 말하고 싶은 것은, 어쩔 수 없이 먼저 떠나야 하는 사람들이 남은 사람들 걱정을 많이 했다는 것이다. 나 때문에 끼니를 거를까 봐, 나를 잃은 슬픔으로 행여 병이라도 생길까 봐, 경제적으로 힘들까 봐 등등…… 그들은 사소한 걱정을 몰래 했다.

남은 사람들은 그 마음을 알까?

임종실은 섞일 수 없는 삶과 죽음이 뒤엉켜 있고, 살아남은 이들이 비통함에 눈물을 흘리는 작은 방이다. 그러나 그곳을 거쳐 간 사람들은 한결같이 말한다.

존재란 그저 사라지는 것이 아니라 죽어서도 사랑하는 이의 마음속에 영원히 살아 있는 것이라고.

우리의 마지막은 어떤 모습일까?

# 이제는
## 당신을 용서하려고 해요

우리가 예상치 못한 순간 들이닥치는 것,

그것이 바로 운명이다.

- 기욤 뮈소, 《구해줘》

'필로미나의 기적'은 세상을 떠들썩하게 만들었던 아일랜드 강제 입양 사건을 다룬 영화이다. 1955년, 아일랜드에서는 평균 연령 23살인 미혼모들이 수녀원, 세탁 공장 등 각종 교화 시설에 입소해 12시간을 일했다. 그래야만 그녀들은 핏덩이 같은 자식을 하루에 단 1시간 동안 만나볼 수 있었다. 이곳에서는 아이가 거꾸로 나와도 진통제를 주지 않았고, 설사 출산 시 죽더라도 수녀원 앞에 이름 없이 매장했다. 또 수녀들은 미혼모의 의지와는 관계없이 아이 1명당 1,000파운드를 받고 세계 각국으로 아이들을 입양 보냈다. 미혼모들은 자신의 아이들이 어디로 입양 됐는지도 알지 못한 채 아이를 평생 찾지 않는다는 각서에 사인을 하고 입양을 보냈고, 필로미나도 그들 중에 한 명이었다.

50년이 지난 후 할머니가 된 필로미나는 불미스러운 일로 BBC에서 해고된 전직 기자 마틴과 함께 강제로 입양 보낸 아들을 찾는 일을 시작한다. 필로미나의 사연을 기사화하는 조건으로 지원을 받아낸 그들은 아들이 입양된 미국 워싱턴까지 찾아간다. 그녀는 그곳에서 그토록 바라던 아들의 소식을 듣게 되지만 안타깝게도 아들을 만나지 못한다. 그들은 필로미나의 아들이 생모를 찾아 아일랜드의 수녀원에 다녀갔다는 사실과 아들이 죽은 후 그 수녀원에 묻힌 사실을 알게 된다. 마틴은 수녀가 서로를 애타게 찾는 모자에게 행방을 모른다고 해서 엇갈리게 한 사실을 알고는 더욱더 격노한다.

마틴이 모든 사실을 알고 수녀를 찾아가 따져 물었다. 그런데 필로미나는 그만하라고 말리면서 수녀에게 "나는 당신을 용서합니다."라고 따뜻하게 말한다. 어떻게 그럴 수 있냐고 묻는 마틴에게 필로미나는 대답한다. 남을 싫어하며 사는 건 어렵고 그렇게는 살고 싶지 않다고.

어린 시절 성당에서 복사를 할 정도로 종교적이었던 마틴은 세상 풍파에 시달리면서 자연스럽게 세상에 대한 분노와 원망, 냉소적인 시각을 갖게 된 반면, 수녀원과 정부에게서 미혼모라는 이유만으로 인간 이하의 취급과 굴욕을 겪은 필로미나는 그들을 미워하고 원망하기보다는 오히려 그러한 처지에 놓일 수밖에 없었던 그들을 이해하며 깨끗이 용서한다. 아직도 마음 한구석에 아픔을 간직하고 있을 아일랜드의 실화를 보면서 나는 그동안 내가 만났던 한국의 '필로미나'들을 떠올렸다.

*

한평생 가정이라고는 돌보지 않고 전국 방방곡곡을 전전하며 떠돌이 생활을 하던 아버지가 말기 췌장암 판정을 받았다고 박 변호사가 상담을 신청해왔다. 30년 동안 아버지의 도움 없이 오로지 어머니의 힘으로만 어렵게 살아왔다고 했다. 그러나 그런 부족한 아버지였더라도 자식 된 도리로서 고통 없이 편안하게 보내드리고 싶었다. 아버지가 암 때문에 통증이 있고 식사를 잘 못하시는 것이 상담을 한 이유였지만, 새삼스럽게 한 집에서 같이 살게 된 부모님이 자주 다투는 것이 가장 큰 고민이라고 했다.

입원 후, 박 변호사의 어머니는 우리가 안 보는 곳에서는 싸웠는지는 모르겠지만, 병든 남편을 정성스럽게 돌봤다. 난생 처음 가요 교실에서 잉꼬부부처럼 다정하게 노래도 하고, 남편이 좋아하는 투게더 아이스크림도 입원실 냉동고에 가득 채워놓았다. 마지막 순간이 다가왔을 때, 박 변호사의 어머니가 눈물을 훔치면서 흐느끼는 소리가 병실 밖에서도 들렸다.

"내가 안 울라고 했는데, 왜 이리 눈물이 나는지 모르겠다. 다른 건 몰라도 남편은 참 마음대로 안 되더래이."

*

연이 아빠는 38살의 젊은 간암 환자였다. 연이가 7살, 준이가 겨우 1살이었다. 연이 엄마는 지난 1년 동안 남편의 병 구환과 어린 아이들 뒤치다꺼리를 하느라 많이 말랐다. 하지만 늘 생글생글 웃으며 짜증 한 번 내지 않고 가족들에게 최선을 다했다. 그런데 어느 날 아침 그녀가 입술을 파르르 떨면서 울고 있었다.

"연이 아빠가 어제 나를 그 사람인 줄 착각하는 것 같았어요. 이제 빨리 집으로 돌아가야 한다고……."

나는 모든 것을 눈치 챘다. 얼마 전에 연이 엄마가 고맙게도 나에게 여러 가지 아픈 이야기들을 털어놓았기 때문이다. 연이 엄마는 작년에 남편에게 다른 여자가 있다는 것을 알았다. 암 선고를 받기 한 달 전의 일이었다. 그녀는 이혼을 할 만큼 용

기가 없었고, 그렇다고 없던 일로 할 만큼 연륜이 있는 나이도
아니었다. 그런데 남편이 불륜보다 더 무시무시한 암에 걸려버
렸다. 그저 아이들에게 상처가 되지 않게 조심스럽게 우왕좌왕
하면서 결국 호스피스까지 왔다.

"선생님, 저 어떡하죠……."

"연이 아빠가 말기 섬망과 간성 혼수가 함께 오고 있네요.
환자들이 마지막에는 체력도 떨어지고 병도 있고 해서 정신적
으로 헷갈려요. 마음에 두지 마세요. 정신이 맑을 때 남편이 한
말들이 진심이랍니다."

나는 울고 있는 연이 엄마를 토닥거려주고 재빨리 연이 아
빠에게 섬망 치료를 했다. 그리고 그는 다음 날 임종실로 옮겨
졌다. 이루마의 피아노곡 'Kiss the Rain'이 잔잔하게 흐르는
임종실에서 3일째 되던 날, 연이 엄마는 "이제는 당신을 용서한
다고 말했어요."라고 나에게 차분히 말해주었다.

*

난소암에 걸린 홀시어머니가 외동 며느리를 타박했다. 닭
죽이 먹고 싶다고 해서 사오면 사온 음식이라 성의 없다 했고,
어린 손자 때문에 자주 올 필요 없다고 해놓고서는 하루라도 문
안을 거르면 병동이 떠나갈 듯이 목놓아 울었다. 참다못한 며느

리가 하소연을 했다.

"선생님은 죽어가는 영혼이 속삭이는 아름다운 이야기에 귀를 기울이라고 했지만, 어머님은 마지막이 되시니까 저한테 역정만 내세요."

마지막이니까 무조건 참고 견디라는 '무식한' 주장을 하고 싶지는 않았지만, 달리 그 말을 대신할 뾰족한 답도 없었다.

"살면서 생긴 응어리를 여기서라도 풀면 좋지만 못 풀고 가는 것도 인생이더라구요. 남편을 간병인에게 맡겨두고 설악산 단풍놀이 가는 아내도 있고, 시아버지를 간병하면서 따뜻한 말 한 번 하지 않고 팔짱만 끼고 있던 며느리도 있어요. 어쩌면 지금이 기회일지도 모르죠. 어머님한테 잘하시면 남편이 평생을 부인에게 고마워할 거예요."

다음 날, 젊은 며느리는 손수 끓인 버섯죽을 식기 전에 가져오느라 교통 딱지까지 떼였다고 겸연쩍게 웃었다.


나는 호스피스 의사로 살아가면서 사람들의 마지막 인생에 푹 빠져들었다. 원래 남의 일에 간섭하기 좋아하는 스타일이라서 그러는 것은 절대로 아니다. 내가 돌보는 암성 통증이란 감정에 좌우되는 경우가 많기 때문에 환자의 인생을 알지 못하고는 이해할 수도 조절할 수도 없기 때문이다.

프랑스의 교육학자 자크 랑시에르가 쓴 《무지한 스승》에는 19세기 프랑스인 조세프 자코토에 관한 이야기가 나온다. 자코토는 벨기에로 망명한 뒤 먹고살기 위해서 네덜란드어를 가르쳐야 했다. 자코토는 네덜란드어를 전혀 알아듣지 못했고 학생들은 프랑스어를 전혀 알지 못했다. 이런 말도 안 되는 상황에서 자코토는 프랑스어와 네덜란드어가 함께 쓰인 책을 펴놓고 프랑스어로만 수업을 했다. 얼핏 보면 진짜 무식한 교수법이지만, 시간이 흐르자 학생들은 작가를 뺨칠 정도로 프랑스어로 글을 쓰기 시작했다. 훌륭한 연주자가 되고 싶다고 해서 꼭 현란한 기술을 지닌 연주자에게 연주를 배울 필요는 없다. 마찬가지로 역경을 훌륭하게 극복한 덕성 있는 인격자만이 우리의 인생을 깊게 해주는 것은 아니다.

결국 우리는 서로가 서로에게 무지한 인생의 스승이니까.

분홍색 가운이 엉덩이를 다 가릴 정도로 작은 키 때
문일까? 나는 정말로 중학생인 줄 알았다.

3월부터 토요일마다 예쁘장한 여학생이 엄마와 함께 호스
피스 병동에 봉사하러 왔다. 그런데 이 모녀 봉사자는 하는 일
이 별로 없었다. 발마사지 선생님이 비지땀을 흘리면서 환자의
발을 주무르고 다녀도 눈길 한 번 보내는 일이 없었다. 그저 보
호자용 병실 의자에 우두커니 앉아서 환자들이나 의사인 나만

빤히 처다볼 뿐이었다. 게다가 여학생이 입은 핫팬츠는 봉사자들이 입는 가운에 가려져서 '하의 실종'을 방불케 했다. 복장 때문에라도 한 번은 지적을 해야 할 것 같아서 여학생의 엄마에게 에둘러 말을 건넸다.

"보통 학생들은 공부 때문에 방학 때만 봉사하러 오는데, 토요일마다 오시면 공부에 지장이 있지는 않나요?"

"괜찮아요. 우리 아이는 대학 졸업반이에요. 의학전문대학교 준비 중이라서 시간은 좀 많은 편이에요." 스펙 쌓기 위해서 봉사하러 온 거라면 지금보다는 잘 해야 할 것 같았다.

"하시는 일도 없이 병실에 앉아 있으시면 어색하거나 서먹서먹하지는 않나요? 어떤 봉사자는 좋은 마음으로 왔다가도 해드릴 것이 없어서 힘들어하시던데요."

"아, 지난번 호스피스 교육 받을 때 봉사단 회장님도 그러셨어요. 근데 마음의 부담은 별로 없어요. 딸아이가 처음에는 무서워하고 좀 그랬는데 몇 번 오니까 괜찮아 하네요. 사실 봉사를 많이 해서 의전(醫專)에 진학하는 데 필요한 봉사 시간은 넉넉해요."

나는 할 말을 잃었다.


모녀가 봉사하는 옆방에는 정란 씨가 누워 있었다. 정란 씨의 딸도 23살이다. 6년 전에 엄마가 뇌종양에 걸려서 고등학교 2학년부터는 뭐든지 혼자서 했다. 3살 어린 남동생을 돌보는 일도 그녀의 몫이다. 아빠는 아픈 엄마를 챙기기에도 바빴다. 그래도 늘 생글생글 웃는 얼굴을 하고 다녔다. 옆 침대의 위암 환자가 화장실에 갈 때면 부축도 해주고, 틈 날 때마다 엄마의 몸 구석구석에 베이비 로션을 발라 수분이 마르지 않게 했다. 그녀는 엄마가 숨을 거두면서 본 마지막 대변도 물티슈로 스스럼없이 닦아냈다. 사망 선언할 때, 정란 씨의 얼굴은 다른 환자와 달리 불그스름했다. 정란 씨의 남편이 여기저기 임종을 알리는 전화를 하는 동안, 딸은 죽은 엄마의 얼굴에 핑크색 볼터치를 올려 곱게 화장을 해줬다.

나는 우연히 같은 공간에서 벌어진 23살의 두 인생을 비교하게 됐다. 그러나 나를 황당하게 했던 봉사자 여대생도 정란 씨의 딸처럼 언젠가는 진정성 있는 봉사를 하게 될 때가 올 것이라고 확신한다. 인생이라는 긴 여행은 언제나 반전이 있기 때문이다.

인생의 바닥에 도착할 무렵에야 찾게 되는 호스피스 병동에서는 세상을 평가하는 잣대가 변한다. 살아가면서 소중했던 것들이 죽어가면서는 오히려 방해가 될 수 있었다. 그렇다고 죽어가면서 필요한 것만 추구하는 삶을 살 필요는 없다. 그저 '죽어감'을 준비하면서 살면 마지막 순간까지도 인생은 아름다울 수 있다는 것이다.

여기에 호스피스 병동에서 인생의 대반전을 이룬 사람이 있다.

본인도 환자이면서 다른 환자들을 위해 봉사하신 숙희 할머니이다. 숙희 할머니는 숨이 차서 급하게 입원을 했다. 가슴 부위 엑스레이를 찍어보니 오른쪽 폐가 암 덩어리로 꽉 막혀서 보얗게 보였다. 응급조치를 받고 숨 쉬는 것이 편해지자, 숙희 할머니는 병실 침대에서 앉은 채로 장구 연습을 했다.

"딸아이가 엄마 심심하다고 배우라고 했는데 참 잘한 거 같아요. 이렇게 장구를 치면 숨 가쁜 것도 잠시 없어지거든요."

6년 배운 솜씨가 예사롭지 않았다. 봉사하고 싶어서 배웠는데 아직도 실력이 부족하다면서 수줍게 말했다.

나는 봉사를 부탁했다. 숙희 할머니는 호스피스 환자로 있으면서 환자들을 위해 3번 음악 봉사를 했다. 봉사하는 날이면 새벽 5시부터 일어나서 예쁘게 단장을 하고 자진모리와 굿거리 장단을 복습했다. 그녀는 사후 안구 기증도 했다. 비록 인생의 끝자락에서 기쁨을 알았지만, 그 순간만큼은 우리의 마음을 누구보다도 뜨겁게 달궜다.

　뒤늦게 발동이 걸려서 멀리 가지 못해도 상관없다. 발동조차 걸리지 않는 인생이 더 안타까운 것이다. 드라마도 반전이 있어야 재미있듯이, 우리도 더 늦기 전에 발동 한 번 제대로 걸어보기를.

우는 꽃 Tearful flower. 2014. digital painting. 550×810mm

죽어가는 사람을 많이 돌본 의사로서

한 가지 분명히 말하고 싶은 것은,

어쩔 수 없이 먼저 떠나야 하는 사람들이

남은 사람들 걱정을 많이 했다는 것이다.


나 때문에 끼니를 거를까 봐,

나를 잃은 슬픔으로 행여 병이라도 생길까 봐,

경제적으로 힘들까 봐 등등……

그들은 사소한 걱정을 몰래 했다.


남은 사람들은 그 마음을 알까?

## 2.

껴안고 가는
사람,
버리고 가는
사람

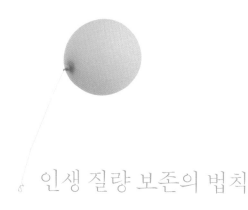

# 인생 질량 보존의 법칙

'죽음에 대한 연구'는
죽음에 속하는 것이 아니라
삶에 속한다.

– 이성복

　　푹신한 환자였다. 46살 아줌마인데 말기 간암이다. 말기 암 환자는 깡마른 모습이 대부분이지만, 그녀는 몸무게가 족히 100킬로그램은 되어 보였다. 간암 환자에게서 흔하게 보이는 복수와 부종 때문이기도 했지만, 그녀의 말에 따르면 원래가 살집이 있었단다. 그녀는 나에게 살면서 한 번도 선생님처럼 날씬한 적이 없었다면서 털털 웃었다.

　　3년 동안 투병 생활을 했다. 어려운 고비를 수십 번 넘겨서 그런지 죽을 각오는 단단히 하고 왔다고 거침없이 이야기한다. 그래도 내심으로는 이제 초등학교 5학년인 쌍둥이 아들 녀석들이 걱정된다고 했지만, 아이들 고모가 구김살 없이 잘 키워주고 있어서 안심한다고도 했다.

오른쪽 폐로 전이된 암 때문에 콜록콜록 기침을 하면서도 늘 하는 대답은 "난 괜찮아요."였다. 씩씩한 것이 아이들은 그녀를 꼭 닮았을 것 같았다.

그런데 그녀는 이혼녀였다. 고물상을 운영하는 남편이 치료비로 허덕이는 걸 보고 선뜻 이혼을 결심했다. 재산을 포기하면서 이혼을 하면 좋은 점이 딱 하나 있다. 그때부터 의료보호 환자가 되어 병원비가 거의 무료다. 친정 쪽으로는 아무도 B형 간염이 없는데, 살아보겠다고 힘든 직장 생활을 하는 바람에 걸린 것 같다고 했다. 그동안도 호강을 하고 살아보지 못했는데 나 같으면 그런 이유로 남편과 헤어질 용기가 있었을까? 더군다나 완치되는 병도 아니고 곧 죽을병인데……. 나는 왠지 그녀의 그런 넉넉함이 좋았다. 하지만 폐에 물이 차서 호흡이 곤란해지자, 편안해 보였던 그녀도 "숨이 차니까, 약간 무섭기는 하네요." 하면서 울먹였다.

"나……. 그동안 거짓말했어요. 다 받아들인다고 했으면서 서러웠어요. 빨리 갔으면 좋겠다는 생각도 했고……."

그날따라 불안해서인지 힘들어 보였다. 그녀의 언니는 아무 말 없이 옆에서 서서 눈물만 흘렸다. 나는 안정제를 쓰는 대신 "당신, 그동안 인생 참 잘 살았어요. 누구보다 아이들 정말 예쁘게 키웠고, 남편을 사랑해서 당신이 가진 것 다 내어주었잖아요. 나는 당신이 세상에서 가장 아름다운 여인이라는 걸 알아요."라고 말하고는 침대 위로 두 팔을 활짝 벌려서 그녀를 꼭 안았다.

솜이불마냥 푹신했다.

사람이 아프면 열등감에 빠지기가 쉽다. 그동안 허술하게 살아서 병에 걸린 것도 같고, 건강을 돌보지 않았던 지나온 날들을 뼈저리게 후회하기도 한다. 평소 대수롭지 않게 넘어가던 사소한 일도 몸이 불편해지면 예민해진다. 심하게 아파서 병원에 입원할 정도가 되면 흰 가운을 입었다는 것만으로도 의사들이 어찌나 건강해 보이는지. 참 부럽다. 나도 마흔 살까지는 의사가 아니었으니까 충분히 이해된다.

"집사람이 그러네요. 살면서 누구를 부러워하는 사람이 아니었는데. 선생님은 부럽대요." 말기 위암으로 입원해 있는 경순 씨 남편이 말했다. 난감했다. 이래서 내 또래의 중년 여성을 진료하기가 부담스럽다. 하루 종일 누워만 있어야 하는 환자들의 침대 사이로 또각또각 구둣발로 걸어 다니면서 회진을 하는 것 자체가 나는 미안하고 조심스럽다. 그래서 아침에 바르는 립스틱 색깔 하나까지도 신경이 쓰인다.

다른 병이야 치료해서 다시 건강해지면 그만이지만, 내가 돌보는 호스피스 환자는 옛날처럼 다시 건강해진다는 것이 불가능하다. 그래서 내가 그들보다 많이 가진 사람으로 비쳐질까 봐 늘 두렵고 더더욱 조심하게 된다. 병마를 이기지 못하고 남들보다 일찍 죽음을 맞이해야 하는 환자나 그 가족들을 한 번도 '인생의 실패자'라고 생각해본 적은 없다. 호스피스 병동의 환자가 되는 것이 잘못 산 인생의 결과는 아니기 때문이다. 그러나 남들보다 일찍 찾아온 죽음을 달리 해석하는 사람들을 만날 때마다 묘한 '감정'을 느낀다.

3살짜리 아기를 둔 엄마가 말기 위암 판정을 받고 호스피스 병동으로 왔다. 이 젊은 여인의 친정 엄마는 참고 또 참았다. 그러나 딸이 막상 임종하게 되자 "사위하고 시댁 식구가 우리 딸을 너무 힘들게 해서 이렇게 된 거야!"라고 소리치고야 말았다. 몇 개월을 휴직하고 밤낮으로 아내를 돌보던 사위의 얼굴이 몹시 무거워 보였다.

평소 바가지 잘 긁던 부인이 병에 걸리자 "당신은 다 좋은

데 그 성질 때문에 암에 걸렸어."라고 말하는 철없는 남편도 있었고, 누구나 다 알고 있는 의학 상식을 들먹이며 "당신은 술을 했어. 담배를 했어. 고기를 먹었어."라며 환자를 몰아붙이는 가족들도 있었다. 건강한 사람들은 이렇게 알게 모르게 환자의 가슴에 대못을 쾅쾅 박는다. 그들의 말처럼 그 때문에 죽음에 이르는 몹쓸 병에 걸렸을 수도 있겠지만, 꼭 한 가지만 꼬집어서 이 깊은 병의 원인을 말하기는 곤란하지 않은가. 더군다나 생각보다 일찍 찾아온 참혹한 현실을 누군가의 탓으로 돌리면 서로가 불편해진다.

그럴 때마다 나는 짧게 남은 환자의 인생을 옷장을 정리할 때 사용하는 진공 압축 팩에 비교한다. 철이 지난 두터운 겨울옷은 차곡차곡 정리해서 넣어도 라면 박스 서너 상자를 훌쩍 넘을 것 같다. 그렇지만 요즘은 이 겨울옷들의 부피를 간단한 비닐 백한 개로 줄여주는 진공 팩이라는 것이 있다. 다섯 채의 두터운 솜이불도 순식간에 얇고 납작하게 만들어준다. 편리한 진공 팩 덕분에 옷과 이불을 버리지 않고도 옷장과 이불장을 깔끔하게 정리 정돈할 수 있다. 하지만 옷과 이불의 부피가 5분의 1로 싹 줄어들었다 해도 무게는 그대로다.

호스피스 병동에 있는 환자들도 진공 팩처럼 시간을 압축해서 인생을 살고 있다. 오리털 외투가 압축 팩으로 들어가면

볼품은 없어지지만 그래도 외투는 외투이다. 진공 압축 팩에 압축된 채로 두툼한 겨울옷이 옷장에 고스란히 다 들어 있는 것처럼 인생을 압축해서 사는 젊은 말기 암 환자도 평균 수명 이상으로 장수하는 사람과 같은 인생의 깊이와 무게를 가지고 있다.

경쟁의 끝을 알 수 없는 치열한 세상이다. 내게 주어진 시간도 남들보다 많아야 성공한 인생인 것처럼 보인다. 하지만 압축된 오리털 외투처럼 쭈글쭈글 볼품없이 일찍 죽음이 찾아온 나의 환자들은 참으로 훌륭했다. 세상이라는 무대 뒤편에서 더 이상 주목받지 못하고 희미하게 꺼져가는 생명에게서 그 누구보다 당당한 성숙된 인간미를 보았다.

예전에 나는 보기조차 딱할 만큼 남을 부러워했다. 뚱뚱할 때는 날씬한 사람을, 늦게 시작한 의사 생활이 비참하다고 느껴질 때는 처음부터 순탄하게 직장 생활을 하는 동료를 얄밉도록 부러워했다. 누군가는 잘된 사람을 부러워하면서 인생의 꿈도 생기고 삶을 개척할 의지도 생긴다고 하지만, 꼭 그런 것만은 아니었다. 그 부러움이 오늘날의 나를 있게 한 계기는 되었을지라도 그 과정은 결코 행복하지 못했다. 이제 내가 진실로 부러워하는 사람은 돈이 많거나, 아이들이 좋은 대학에 입학했거나, 예쁘고 날씬하고 건강한 사람이 아니다. 그저 어떤 삶이 자신에게 다가오더라도 묵묵히 잘 받아들이고, 다른 사람과 자신을 비교하지 않으며, 자신의 삶을 그 자체로 당당하게 살아내는 사람이다.

우리는 저마다 지닌 인생의 향기가 따로 있다. 그러니까 이제는 그 누구도 부러워하지 말자. 인생의 마지막에는 행복했던 자신의 과거조차도 부러워하지 말아야 한다. 그 시간에는 그 시간에만 누릴 수 있는 나만의 행복이 따로 있는 것이다. 이렇게 마지막이 온 것도 견딜 수 없을 만큼 아쉬운데, 여러 가지 잣대로 부러워하면 병들어 있는 자신이 너무 불쌍하지 않은가.

부러워하지 말자, 그대여! 인생이 아파도 마지막까지 이 세상을 그 누구보다 당당하게 살아내야 한다.

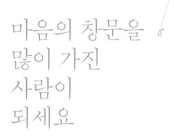

마음의 창문을
많이 가진
사람이
되세요

집과 무덤의 차이는 무엇일까? 이 둘의 차이는 바로 창문이 있고 없고에 있다. 외부와 통할 수 있는 창문이 있으면 집이고, 없으면 무덤이다. 신라시대 왕의 무덤인 천마총에는 금관 같은 보물이나 토기로 된 밥솥 등의 살림살이가 있기는 했지만, 창문이 없다. 그래서 무덤이다.

미국 대통령이 살고 있는 백악관은 밖에서 보면 으리으리한 건축물이다. 하지만 대통령 집무실은 의외로 소박하고, 좌우로는 참모진의 집무실이 딱 붙어 있다. 출입문이 네 개나 되고, 오바마 대통령은 수시로 드나들며 참모진과 대화를 나누기 위해 이 문을 항상 열어둔다. 미국 대통령의 집무실은 격식 없이 대화를 나누는 '소통의 공간'인 셈이다. 제대로 된 '집'이다.

'삶과 죽음'도 다른 사람과 얼마만큼 소통할 수 있느냐에 차이가 있다. 비록 이 세상에 없더라도 누군가의 가슴에 남아 있어 그리움의 대상이 되고 사랑받고 있으면 그는 결코 죽은 것이 아니다. 같은 집, 같은 직장에 있으면서도 의견이 달라서 서로 소통할 수 없으면, 살아는 있으되 그 관계는 죽은 것이나 마찬가지이다. 부모, 아내, 그리고 자식의 가슴에 담긴 채 영원히 사는 사람이 있는가 하면, 가까이 살면서도 마음의 문을 닫고 쳐다보지도 않고 냉랭해지는 사람도 살다보면 생긴다.

65살 선자 할머니가 입원 한 후로 303호는 늘 반찬 냄새로 가득했다. 할머니의 식사 시간이 족히 2시간을 넘기기가 일쑤였기 때문이다. 정확하게 말하면, 선자 할머니는 먹는 것이 아니었다. 큰딸이 계속 입속으로 음식물을 밀어 넣어 어쩔 수 없이 삼켜야 했다. 그래도 몇 주째 식사를 못 하고 있는 같은 방의 말기 위암 환자도, 연신 구역질을 해대는 비위가 약한 간암 환자도 별 불평 없이 지냈다. 다행이었다.

그렇지만 내 입장에선 식사 시간이 남다른 선자 할머니 때문에 곤란할 때가 많았다. 선자 할머니는 폐암이 머리로 전이된 암 환자였지만, 인슐린 주사를 맞아야 할 정도로 심한 당뇨병을 앓아왔다. 불규칙한 식사 시간 때문에 혈당이 들쭉날쭉해져서 인슐린을 처방하기가 무척 곤란했다. 더군다나 선자 할머니는 폐암 증상보다 전이된 머리 암에 대한 증상이 심각했다. 머리에 시행했던 방사선 치료 후에 생기는 후유증 때문인지 암 때문인지는 모르겠지만 바보가 된 것이다. 어떠한 자극에도 그저 눈만 껌벅거렸고, 씹거나 삼키는 기능도 많이 떨어져 밥을 먹다가 음식물을 입에 머금고 잠들기도 했다.

"방사선 치료하기 전에는 멀쩡했는데……." 하면서 가족들은 애를 태웠다.

무작정 위로하거나 죽음을 받아들이게 하는 것보다 의학적 지식을 정확하게 알려주는 것이 낫겠다 싶었다.

"방사선 치료의 후유증으로 말이 어둔하고 움직이는 것이 휘청거리시기는 하지만, 만약 그 치료를 안 했으면, 벌써 돌아가셨을 겁니다. 드물기는 하지만 방사선 치료에 반응이 보이면 차츰 의식을 회복할 수도 있어요."라고 수십 번 반복해서 설명했다.

선자 할머니에게는 세 딸이 있었다. 30대 후반인 큰딸만 미혼이었다. 다른 딸들은 결혼해서 아이까지 있으니 간병은 자연스럽게 큰딸 몫이 됐다. 슬프게도 이제 딸이 엄마 역할을 대신해야 했다. 큰딸은 유달리 엄마가 밥 먹는 것에 집착했다. 뭐라도 드시게 하면 조금 더 살릴 수 있을 거란 생각이었을 것이다. 그 마음을 모르는 것은 아니었지만, 그렇게 매번 억지로 드시게 하다가는 기도로 음식물이 들어갈 것 같았다. 잘못 들어간 밥알이 흡인성 폐렴(음식물이 기도로 잘못 들어가 생기는 폐렴)을 일으킬 수도 있고, 그러면 영양실조가 아닌 독한 폐렴으로 더 빨리 돌아가실 수 있다고 이야기했다.

그러나 아무리 설득을 해도 그때뿐이었다. 할머니의 다른 딸들에게 그런 사정을 이야기를 하면 "우리 언니는 아무도 못 말리는 사람이에요."라고 말하면서 고개만 떨구었다. 그래도 큰딸이 영어로 쓰인 책을 병실에서 틈틈이 읽는 걸 보면 배운 만큼 배운 사람이라는 생각도 들었고, 오죽 엄마의 죽음을 받아들이기가 싫으면 저렇게까지 처절할까 하고 애틋한 마음이 들기도 했다. 그래도 간호사들이 번갈아가며 설득하고, 나도 회진 갈 때마다 이야기를 했다.

하루는 목욕하는 날이었다. 목욕 봉사자들이 목욕하다 말고 선자 할머니의 입속에서 퉁퉁 불어 있는 음식물을 한 움큼 긁어냈다며 허겁지겁 알리러 왔다. 아니나 다를까 선자 할머니의 입속에 아침에 드신 밥알이 그대로 들어 있었다. 위험했다. 그날 이후, 나는 심각하게 금식에 대한 면담을 하려고 진료실로 큰딸을 부드럽게 불렀다. 그러나 큰딸은 상담 도중에 "그런 이야기라면 이제 듣고 싶지 않아요. 이야기 들을 시간에 나는 우리 엄마 밥을 먹여야 하거든요!" 하고 불쑥 나가버렸다. 그 마음을 이해할 수 없는 것은 아니지만, 어쨌거나 그녀에게는 나한테 열어줄 마음의 창문이 없는 것처럼 보였다.

세상에 혼자서 강한 사람은 없다. 나쁜 사람이 아니라는 확신이 서면, 미국 대통령의 집무실처럼 마음의 문을 활짝 열어두는 것이 필요하다.

우리는 누군가의 존재 안에 새겨진 관계 그리고 서로의 흔적 속에서 살아간다. 타인과 마음 깊숙이 소통을 할 수 없으면, 그것은 살아 있다 하더라도 죽은 것과 다를 바 없다. 반대로 몸과 영혼이 분리되는 죽음조차도 영원히 사는 것처럼 잘 통하게 할 수도 있다.

마음의 창문이란 결국 내가 가진 딱딱한 벽을 도려내야 생기는 것이 아닌가!

# 타인의 마음속에
## 들어가 보는
### 연습

자기 상황뿐만 아니라 다른 사람의 상황에도
마음이 날 때 그게 진정한 나의 사랑이다.
– 미치 앨봄,《모리와 함께한 화요일》

소희 할머니가 희멀거니 잘생긴 아들과 함께 휠체
어를 타고 산책을 나갔다. 그런데 갑자기 아들이 소희 할머니한
테 찬물을 막 퍼부으면서 죽어라 고래고래 고함을 질렀다. 상
황이 이쯤 되자 병원의 누군가가 알려줬다. 막돼먹은 행동을 본
지나가던 행인이 112에 신고를 해서 경찰도 왔다. 소희 할머니
는 처벌을 원하지 않았고, 아들도 사과를 해서 경찰의 훈방 조
치로 일단락이 됐다.

폐암이 머리까지 전이된 소희 할머니는 이 사건으로 풀이 많이 죽었다. 잠잠해졌던 통증도 다시 생겼다. 덕분에 나는 소희 할머니한테도 가봐야 했고, 대낮에 소주 한 병을 마시고 온 그녀의 아들도 토닥거려야 했다.

소희 할머니는 젊은 시절에 유부남과 바람이 나서 아들 하나를 두었다. 식당일을 하면서 억척같이 돈을 벌었으나 없는 살림에 병든 남편 수발까지 하느라 겨우 장만한 집까지 홀라당 날렸다. 소희 할머니는 하나뿐인 아들한테 '내 신세 망친 놈'이라고 모진 말을 해대면서 거칠게 키웠다. 서른을 갓 넘긴 아들은 태어나서 한 번도 엄마한테서 칭찬을 받은 적이 없었다. 남편을 떠나보내고 남편 제삿날이 오면 아들을 본처 집으로 보냈다. 아들은 이복형제한테서 "우리는 네가 있는 것만으로도 짜증이 난다."라는 소리까지 들어야 했다. 그 후 아들은 소희 할머니를 대구에 두고 서울로 가버렸다.

소희 할머니는 대구에서 막창집을 하면서 근근이 살았다. 기침이 심해져서 병원에 가보니 말기 폐암이었다. 다행히 아들이 소희 할머니의 마지막을 돌보기 위해 서울에서 내려왔고 엎치락뒤치락 간병을 하던 중에 이 일이 터진 것이다.

종기가 곪으면 터져야 낫는 것처럼 사람 사이에도 오랫동안 곪아온 갈등이 있으면 어느 순간 터져버린다. 그것도 제일 힘이 들 때에 사단이 난다. 원하든 원하지 않든 인생이 바닥을 칠 때 숨겨둔 마음의 응어리는 한 번쯤 모습을 드러낸다.

나는 참을 수밖에 없었던 '삶'의 상처가 '죽음'이라는 한계 상황 앞에서 더 이상 본모습을 숨기지 못하고 터져버리는 모습을 많이 봤다.

"죽음 앞에서는 용서가 되겠지."

"지금은 이래도 마지막에는 다 내려놓지 않겠어?"

이런 말들은 죽음에 대한 오롯한 환상일 뿐이다. 평생 쌓인 분노는 마지막에 폭발한다.

위암에 걸린 할아버지가 구수한 '집 죽'을 먹고 싶다고 해서 할머니한테 이 말을 전했다가 큰일 날 뻔했다. 의사가 '병원 죽'을 처방해야지 왜 자기한테 힘들게 죽을 끓여오게 하느냐는 것이었다. 병든 엄마가 남긴 3000만 원을 자기가 가져가야 한다며 나이 든 오빠에게 대드는 고집불통 여동생도 있었고, 화장을 할 것인가 매장을 할 것인가를 놓고 죽어가는 아버지와 티격태격하는 딸도 있었다.

우리들 대다수는 태어나서 죽을 때까지 법률적으로나 도덕적으로 큰 잘못을 저지르지 않고 살기 때문에 악에 대한 예방접

종을 받았다고 착각하기 쉽다. 그러나 평소에 다듬어놓지 않으면 견딜 수 없는 힘든 상황이 올 때 크고 작은 사소한 불편함이 나도 모르게 불쑥 튀어나온다.

견디기 힘든 중대한 병에 걸리면 사람들은 이렇게 말한다. "왜 진작 나를 돌보지 못했는지 모르겠어요. 아파 보니 나만 서러워요. 뭐니 뭐니 해도 안 아픈 게 최고인 것 같아요."

그러면서 너그러웠던 사람이 아주 이기적으로 변한다. "세상은 나 없이도 돌아가더라." 내가 우선 살고 봐야 하는 것이다.

이런 말과 행동들이 어쩔 수 없이 하는 목숨을 건 선택일 수도 있다. 그러나 어려움을 겪고 있는 사람은 생각을 많이 해야 한다. 생과 사의 갈림길에선 더욱 그렇다. 마구잡이로 근거 없는 정보에 자신을 맡기는 일은 돈과 시간 낭비일 뿐만 아니라 인격까지 파괴한다.

죽음에 이르는 상황을 편안히 받아들이는 사람은 남의 어려움을 보는 사람이다. 나를 온전히 사랑하는 모습은 인생의 가장 힘든 구간을 통과할 때조차 남겨질 사람들을 위해서 배려하는 것이다. 나를 사랑하는 방법으로 좋은 음식을 먹고 하루에 30분씩 운동을 하고 정서적인 평화를 위해 여행을 가는 일 못지않게 타인의 마음속에 들어가 보는 연습을 하는 것도 중요하다.

타인을 얼마만큼 깊이 사랑할 수 있는가? 그런 여유가 바로 나를 얼마나 사랑할 수 있느냐를 알려주는 척도이다. 그래서 배려란 남이 아닌 나를 살리는 기술이다.

겨울나기|Winter thaw. 2015. digital painting. 296×420mm

죽음에 이르는 상황을 편안히 받아들이는 사람은

남의 어려움을 보는 사람이다.

나를 온전히 사랑하는 모습은

인생의 가장 힘든 구간을 통과할 때조차

남겨질 사람들을 위해서 배려하는 것이다.


타인을 얼마만큼 깊이 사랑할 수 있는가?

그런 여유가 바로

나를 얼마나 사랑할 수 있느냐를

알려주는 척도이다.


그래서 배려란

남이 아닌 나를 살리는 기술이다.

# 껴안고 가는 사람,
# 버리고 가는 사람

버리고 갈 것만 남아서 참 홀가분하다.

- 박경리

젊은 토마스 아퀴나스 신부님이 위암에 걸렸다. 의사가 암이라고 말했을 때 그는 아무런 거부감 없이 받아들였다. 나이 지긋한 김 목사님도 전립선암으로 호스피스에 입원했을 때 "하늘나라로 가기 전에 마지막으로 잠시 들렀소."라고 편하게 말했다. 농부였던 오갑 할아버지는 말기 위암에 걸렸을 때 "이제 살 만큼 살았어. 마지막으로 우리 며느리 소원 하나 들어주고 가려 하오."라며 호스피스 병동에서 기독교인이 됐다. 예의 바르던 며느리가 예전부터 오갑 할아버지에게 예수님을 믿으라고 부탁했기 때문이었다. 그는 요추로 전이된 암 때문에 하반신 마비가 왔지만 그리 슬퍼하지는 않았다. 멀리 있는 아들과 매일 영상 통화를 했고, 6살 먹은 손자가 침상 옆에서 장난감 레고를 맞추고 있으면 따뜻한 눈길로 바라봤다.

나는 죽음의 맨얼굴이 이런 줄로만 알았다. 비록 종교인이 아니더라도 오갑 할아버지처럼 마지막에 와서는 다 내려놓고 삶의 갈등에서 헤어나는 편안함을 기대했다. 그러나 마지막이라고 해서 버리는 것이 다 녹록하기만 한 것은 아니었다.

대식 씨의 어머니는 말기 폐암 환자였음에도 불구하고 "난 절대로 죽으면 안 돼."라고 절규했다. 그래서 호스피스로 오지 않고 내과로 입원했다. 그러나 대식 씨의 이모는 이왕 안 될 것 같으면 시설도 좋고 통증 치료도 잘 되는 호스피스로 가기를 간절히 원했다. 나는 주저하지 않고 "환자가 그렇게 싫어하는데 굳이 호스피스로 오실 이유가 있나요?"라고 물었다. 하지만 사연을 듣고 나니 그럴 만한 이유가 있었다는 걸 알게 됐다.

"선생님, 반대만 하지 말고 제 말 좀 들어보세요. 언니한테는 눈 먼 아들이 있어요. 그 아이 때문에 언니가 한이 맺혀서 그래요. 아직 장가를 못 보냈거든요." 하나뿐인 아들 대식 씨는 3살 때 사고로 눈이 멀었다. 그럼에도 환자가 호스피스에 입원하길

극구 싫어했기에 나는 마지막으로 아들 대식 씨의 의견을 들어야 했다. 대식 씨는 건강한 청년으로 D대학 점자 도서관 사서로 근무하고 있었다.

"저 때문에 우리 어머니가 더 못 받아들이시는 것 같아서 어머니한테 정말 죄송해요. 평생 저 때문에 고생만 하셨는데…… 선생님, 제가 어떻게 하면 어머니가 편해지실까요?"

그는 허공을 응시하며 굵은 눈물을 뚝뚝 흘렸다. 나는 진료실 탁자 위에 있던 티슈를 한 움큼 뽑아 그의 손에 쥐어주었다.

"가기 전에 다 버리고 가야 한다는 것은 어쩌면 환상일 수 있어요. 정신없이 살다 보면 안고 가는 사람도 있고 버리고 가는 사람도 있더라구요. 어머님께서는 몸이 불편한 대식 씨를 걱정하면서 살아오셨어요. 그러니까 마지막에 이러시는 것이 꼭 응어리진 마음 때문이라기보다는 당연하고 자연스러운 것이 아닐까요." 대식 씨는 어머니가 죽음을 한사코 부정하는 반응이 지극히 정상이라는 말에 안도하는 기색이었다.

불행히도 호스피스에는 죽음을 편안하게 수용할 수 있는 묘약 따위는 없다. 그래도 사람들은 안고 갈 수밖에 없는 속사정을 들어주면 조금은 가벼워졌고, 끝까지 끈을 놓지 않고 가는 사람이 생각보다 많다는 평범한 사실에 평안을 찾아갔다. 대식 씨의 어머니처럼 때로는 버리는 것보다 안고 가는 것이 더 홀가분한 인생도 있다.

그러니까 결국 안고 가는 사람, 버리고 가는 사람이 따로 있는 것은 아닌 셈이다.

눈을 떠보니
오늘도
살아 있어요

자연은 어느 누구에게나 공평하게
세상에서의 첫날과 마찬가지로
마지막 날을 선사한다.

- 장 그르니에

우리가 정말 배웠어야 할 건 따로 있다.

예를 들면 여자들이 "나 살쪘어?"라고 물어볼 때 실수로라
도 고개를 끄덕이면 안 된다는 것. 위장 내시경을 할 때는 숨을
입으로 들이마시면 안 된다는 것. 버림받은 첫사랑을 30년 뒤에
만나면 그때 버려줘서 고맙다는 말이 저절로 나오는 것이 인생
이라는 것. "이제 죽어도 여한이 없다."라는 할머니의 말을 곧
이곧대로 믿으면 안 된다는 것 등이다.

이것들은 경험을 통해서 제대로 배울 수 있는 것들이기는 하지만 몰라서 치러야 할 대가는 크다.


"내가 왜 벌써 죽어야 하는데?" 태순 할머니가 매서운 눈빛으로 쏘아봤다. 얼떨떨했다. "이렇게 가만히 놔두면 안 되는 거잖아." 어제까지만 해도 그녀는 안 아프게 해줘서 고맙다며 내 두 손을 꼭 잡아주었던 77살 대장암 환자였다.

나보다 더 당황한 사람은 그녀의 딸이었다. "아니, 엄마가 왜 그럴까요? 처음 그 소식을 알려드렸을 때만 해도 다 받아들인다고 하셨어요. 그래서 마지막에 굿이라도 해보자하고 한 것도 취소하고 부랴부랴 입원하셨는데……." 딸이 너무도 상심한 듯 보여 잠시 병실 밖으로 내보냈다.

이제 태순 할머니와 나, 단 둘이 남았다.

"할머니, 이제까지 한 번도 죽는다는 생각을 해본 적이 없으셨어요?"

"그래." 태순 할머니는 퉁명스럽게 대답했다.

"얼마 전에 세월호 사건도 있었잖아요. 할머니 손주 같은 고등학생 아이들이 갑자기 죽었어요."

"그건 어쩔 수 없었잖아. 그리고 아무리 의사라도 그런 식으로 말하면 안 되지." 태순 할머니는 눈을 아래로 깔고 그녀가 죽어가는 것이 마치 내가 아무런 치료를 하지 않아서인 양 투덜거렸다.

태순 할머니는 부정, 분노, 타협, 우울 그리고 수용에 이르는 죽음의 5단계를 거꾸로 밟아갔다. 그녀는 40년 전 남편을 먼저 떠나보내고 자식들을 위해서 억척같이 살았다. 아낌없이 베풀면서 잘 살아온 사람들의 마지막 날은 언제나 평화로웠다. 그녀에게 필요한 것은 죽음의 설득이 아니라 시간이었다.

사실상 죽음을 받아들이는 단계는 그다지 상관이 없다. 공포와 두려움 속에서 그 어느 단계도 밟지 않는 경우가 가장 큰 문제이다. 그런 환자와 가족은 '죽음'이라는 말조차 입 밖에 꺼내지 못하게 한다. 2주일쯤 지나자 태순 할머니는 "눈을 떠보니 오늘도 살아 있는 거네."라며 눈물을 글썽였다.

우리는 드디어 어두운 터널을 무사히 통과했다.

"할머니, 이제까지 살아오신 것처럼 따님을 위해서 마지막 순간까지도 흔들리지 않고 살아가시면 됩니다. 그리고 할머니가 힘들어하시는 동안 따님이 많이 우셨어요." 나는 기다렸던 작은 위로를 건넸다.


잘 죽어가기 위해 우리가 정말 배웠어야 할 것은 죽음의 5단계를 외우거나 혼자서 관 속에 들어가 보는 체험을 하는 것이 아니다. "저는요, 이미 죽음을 다 받아들였어요."라고 말하면서 의젓하게 지내다가 진짜 마지막이 다가오면 불안에 떠는 사람들이 의외로 많다.

　죽음은 삶의 완성이라기보다는 결과물이다. 삶이란 누구에게나 신산스럽고, 일상은 상처와 갈등의 연속이다. 나에게 주어진 삶을 얼마만큼 잘 녹여내느냐에 따라서 누구에게나 공평하게 있을 마지막 날은 달라진다.

# 먼저
## 죽음을 찾아가지는
## 마세요

죽음이 감히 우리에게 찾아오기 전에

우리가 먼저 그 비밀스런 죽음의 집으로

달려 들어간다면 그것은 죄일까?

- 윌리엄 셰익스피어

호스피스 의사가 자살했다. 모든 죽음이 그렇겠지만, 호스피스 의사가 스스로 목숨을 끊었다는 소식은 나를 당혹스럽게 만들었다. 몇 해 전, 행복전도사가 자살로 삶을 마감했던 것처럼 고약한 느낌이었다. '호스피스'란 현대 의학으로 치료가 불가능한 불치의 병에 걸려 죽음이 찾아왔을 때, 그 죽음을 품위 있게 마무리할 수 있도록 돌봐주는 일을 하는 곳이다. 또 호스피스에서는 인위적으로 죽음을 앞당길 것 같은 잘못된 사회 통념과는 달리, 아름답고 자연스러운 죽음을 강조한다. 따뜻한 호스피스 돌봄으로 오늘이 마지막이었으면 하는 말기 암 환자의 자살을 예방해줄 수도 있다. 그런데 그런 일을 하는 호스피스 의사가 자살을 했다.

우리나라는 경제협력개발기구(OECD) 국가 중 자살률 1위다. 자살은 주위 사람들에게도 일부 책임이 있을 것이라는 인식 때문인지는 모르지만 다른 죽음보다 더 쉬쉬한다. 눈여겨 주위를 둘러보면 사랑하는 가족을 자살로 떠나보낸 아픔을 간직하고 살아가야 하는 사람들이 적잖이 보인다.

일본 NHK 방송기자이며 작가인 야나기다 구니오 씨는 57살에 혹독한 시련을 겪었다고 했다. 25살이었던 둘째 아들이 스스로 목숨을 끊었기 때문이다. 자신의 죽음보다 더 무서운 것이 사랑하는 자식의 죽음인데 더군다나 자살이라니. 그는 인생이 송두리째 잘못된 것 같았다. 불안과 두려움으로 수렁보다 깊은 우울증에 빠져서 먹지도 자지도 못한 채 몇 달을 보냈다. 이제와서 싸늘한 주검으로 변한 아들을 나무랄 수는 없었다. '그 녀석이 얼마나 힘들면 그랬을까?'라는 생각이 들면 마음만 미치도록 저려왔다.

이렇게 예상치도 못했던 사람의 자살은 그 사람의 죽음에 우리의 생각을 가두어버린다. 사람들은 병이나 스트레스, 금전적인 이유 등으로 삶을 비관하면 자살을 결심한다. 그래서인지 내가 돌보는 말기 암 환자는 누구나 한 번쯤은 자살을 생각했다. 치료해보겠다고 사방팔방으로 애를 썼지만 결국 병마를 이기지는 못했다. 의사도 이제 집으로 돌아가서 먹고 싶은 것, 하고 싶은 것을 마음껏 하라고 했다.

조만간 죽을 것이 뻔한 데다 이제 와서 생각하면 어차피 살지 못할 인생이었는데 그동안 가족들에게 심리적으로 경제적으로 괜히 부담만 잔뜩 준 것 같다. 이제 나만 없어지면 모두가 편해질 텐데, 라는 위험한 생각이 들지 않을 수 없다.

눈부신 오늘이 비록 누군가에게는 간절히 염원한 소중한 하루였을지는 몰라도 다가올 미래가 죽음으로 정해져 있는 사람에게는 스스로 포기하고 싶은 것이 보통 인간의 심정이다. 이처럼 사회로부터 버림받고 가족에게 짐이 된다는 느낌은 우리를 자살에 이르게 한다.

솔직히 말해서 내가 만약 말기 암 환자가 된다고 해도 씩씩하게 살아낼 자신이 없었다. 심지어 의사니까 스스로 죽을 수 있는 약을 손쉽게 모을 수 있다는 생각도 해봤다. 그러나 나는 8년 동안 호스피스 병동에 입원한 환자들을 통해서 가장 인간다운 해답을 얻어냈다.

일굴에 생긴 암 덩어리가 눈과 코를 파먹은 흉측한 모습의 할머니가 입원을 했다. 정신은 말짱했다. 이렇게까지 생명의 건전지가 다할 때까지 처절하게 살아야 하는 것이 사람의 운명일까라는 생각이 들 지경이었다. "할머니, 죽고 싶지는 않으셨어요?"라는 나의 철없는 질문에 "이런 모습으로 죽어가는 것도 동네 사람들 입에 오르락내리락하는데, 자살까지 하면 아이들이 그 뒷감당을 어찌 할까. 그래서 살았어." 라고 조그맣게 속삭였다. 그런 모습으로라도 끝까지 자연스럽게 그날이 오기 직전까지는 살아내는 것이 죽음 뒤 남겨질 자식을 위한 어머니의 따뜻한 마지막 마음이었다. 누군가의 마음을 아프게 하지 않는 것보다 더 큰 삶의 의미는 없다.

그날, 나는 아프기 전 예뻤던 할머니의 사진을 병실 머리맡에 붙여놓고, 병실에 있는 거울을 모두 없앴다. 삶이란 행복해도 살아야 하고 불행해도 그저 살아내야 하는 것이다.

연예인이나 유명인의 자살은 일반인의 삶에 영향을 준다. 연예인 자살 사건 1~2주 후 자살 시도가 실제로 늘어나는 경향이 있다. 자신이 모델로 삼거나 존경하던 인물, 또는 사회적으로 영향력 있는 유명인이 자살할 경우, 그 사람과 자신을 동일시해서 일반인의 자살이 늘어나게 되어 있다는 것이다. 베르테

르 효과(Werther effect)이다.

아무런 혈연관계가 없는 사람의 자살도 우리를 힘들게 하는데, 하물며 사랑하는 가족의 자살은 남겨진 가족의 삶에 크나큰 상처를 준다는 사실에 주목해야 한다. 그래서 호스피스 환자들은 행여 마지막이 힘들더라도 끝까지 최선을 다하면서 살아낸다. 어차피 곧 다가올 죽음을 더욱 비참하게 만들어 남겨진 가족이 자신의 망령에 갇히게 하는 것을 두려워하기 때문이다.

미국의 작가 조이스 캐럴 오츠는 《천국의 작은 새》에서 이렇게 말했다. "세상을 알아간다는 건 죽음보다 힘들어. 그걸 알면서도 계속 살아가야 하니까."

그렇다. 어쩌면 '삶'이란 우리가 상상해왔던 것만큼 근사한 것이 아닐지도 모른다. 살다 보면 죽고 싶을 만큼 절박할 때도 있다. 그렇지만 돌이켜보면 그런 쓰라린 아픔을 겪고 나서야 비로소 지금의 우리가 된 것이다. 역경을 속 시원하게 이겨냈다기보다 그저 통과했다는 사실만으로도 그전보다 훨씬 달라질 수 있다.


돈 한 푼 없는 50대 청각 장애인이 입원했다. 그는 20년 전원인 불명의 병으로 귀가 들리지 않기 전까지는 잘나가던 외과 의사였다. 청각 기능에 장애가 생긴 뒤로 의사 생활을 계속할 수 없게 되자, 가족도 인생도 모두 잃었다. 호스피스 병동에 입원하기 6개월 전에 대변에서 피가 나왔다. 대장암이었다. 장루(인공 항문)를 복부에 만들어 대변을 배출하는 시술을 해야 한다기에 포기했다. 80살 노모는 천덕꾸러기가 되어버린 아들이 깡마르고 통증이 심해지자 호스피스로 데려왔다.

그가 큰 목소리로 이야기하면 나는 메모지에 글을 써서 답을 해야 했다. 나는 전에도 청각 장애인을 돌본 적이 있어 장애 때문에 힘들지는 않았다. 다만 그가 전직 의사라는 점은 까다로웠다. 의사가 의사를 진료하려면 쉽기도 하고 어렵기도 하다. 더군다나 그는 20년 전에 의사를 그만두었기 때문에 알고 있는 의학 상식이 좀 구식이었다. 나는 처방한 약물과 몸 상태를 의과대학생에게 강의하듯이 상세히 알려주었다. 그가 궁금해하는 약은 약국에서 약품 설명서를 일일이 구해다 주기도 했다.

그런데 그가 앓고 있는 대장암의 통증에는 모르핀을 꼭 써야 하는데도 옛날 의사답게 마약성 진통제를 쓰는 것을 매우 꺼렸다. 하기야 20년 전의 의사들은 암 환자가 지금보다 흔하지 않았기 때문에 모르핀에 대해서도 배운 것이 별로 없었다. 나는 이 또한 설득하기 위해서 최근에 나온 완화 의료 교과서 중 마약성 진통제에 관한 페이지를 복사해주었다.

상황이 이렇다 보니 다른 환자보다 회진을 준비하는 시간이 2배로 길어진 건 당연한 일. 의학적인 설득이 먹혔는지 아니면 나의 노력이 통했는지 알 수는 없지만 그는 결국 모르핀을 처방해달라고 했다. 통증이 사라지자 그는 평소 좋아했던 얼큰한 컵라면 국물을 훌훌 마셨다.

그는 가진 것을 모두 내려놓아야 했던 지난 세월 동안 스스로 목숨을 끊지 않고 용하게 잘 버티고 있었다. 검버섯이 잔뜩 오른 누런 얼굴에서, 오히려 죽음은 쉬워 보였다.

어쩌면 인생은 쓰고 싶은 대로가 아니라 저절로 쓰이는 소설책인지도 모른다. 때로는 이러지도 못하고 저러지도 못하지만 어떻게든 끝까지 살아내야 한다.

죽을 만큼 괴로워도 직접 해봐야 삶에 대한 사랑이 깊어진다. 사람들은 인생이 힘들어지면 앞으로 남은 여정이 얼마나 끔찍해질지 더 두려워한다. 남은 인생이 지금보다 더 불편해지더라도 초조해하거나 원통해하지 말자. 최선을 다해 살아가는 그대의 삶이 다른 누군가의 목숨을 구할 수 있다는 것을 알았으면 좋겠다.

자살이라는 '고의로 스스로를 죽이는 행위'를 생각할 만큼 견딜 수 없이 힘들다면 적극적으로 주변에 도움을 요청해야 한다. 아무 상관도 능력도 없는 사람에게조차 알려야 한다. 마음의 피눈물은 말하지 않으면 보이지 않고, 드러나지 않는 상처는 치유될 수 없다. 애써 고통을 삼키지 말자. 누구라도 도와줄 사람을 찾아다녀라. 자존심 따위 내세울 때가 아니다.

"그저 돈 버느라 마흔세 살이 될 때까지 결혼도 안 하고 살 았는데 식도암이 왔네요. 수술하겠다고 배를 열어보니 퍼지지 않은 데가 없어서 그냥 닫았대요. 억울해서 미치겠어요."

비쩍 마른 그가 뭉클한 이야기보따리를 풀어놓았다. 환자들은 이렇게 가슴 깊은 곳에 있는 말을 곧잘 한다. 죽고 싶다고, 억울하다고, 아무 힘도 없는 나에게 눈시울을 붉게 적시면서 말한다. 내가 하는 일이라고는 고작 눈물 닦으라고 부드러운 티슈한 장을 건네는 일……. 그리고 이제는 내가 함께하겠다는, 어쩌면 지킬 수 없는 약속을 하는 것뿐이다. 그것뿐인데도 진료실을 나갈 때 그들의 뒷모습이 한결 밝고 가벼워진다는 것을 느낀다. 죽음을 앞둔 그들이 나에게 가르쳐준 것. 나는 환자들에게서 부끄러워하지 말고 힘들면 말해야 한다는 것을 배웠다.

때가 되면 다 죽는다. 지금 당장 힘들더라도 먼저 죽음을 찾아가지는 말아야 한다. 나 자신뿐 아니라 다른 사람의 목숨마저 빼앗아갈 수 있기 때문이다. 지금 당신이 잃어버렸다고 생각하는 인생의 의미가 어쩌면 마지막이 다가왔을 때 비로소 모습을 드러낼지도 모르지 않은가.

소중한 당신이 이 세상에 태어난 그 의미를.

누군가의 마음을 아프게 하지 않는 것보다

더 큰 삶의 의미는 없다.


내가 하는 일이라고는 고작 눈물 닦으라고

부드러운 티슈 한 장을 건네는 일……

그리고 이제는 내가 함께하겠다는,

어쩌면 지킬 수 없는

약속을 하는 것뿐……


그것뿐인데도 진료실을 나갈 때 그들의 뒷모습이

한결 밝고 가벼워진다는 것을 느낀다.


죽음을 앞둔 그들이 나에게 가르쳐준 것.

나는 환자들에게서 부끄러워하지 말고

힘들면 말해야 한다는 것을 배웠다.

더 이상
아프지 않은
마지막을
위하여

죽음보다 더한 것은 통증이다.

- 알베르트 슈바이처

　　　50대 폐암 환자에게 고용량의 진통제를 처방했다는
지적을 병원에서 받은 적이 있다. 오른쪽 가슴 부위의 통증을 다
스리느라 한꺼번에 60알의 마약성 진통제를 처방했기 때문이
다. 환자에게 투여한 마약성 진통제의 종류에 대해서도 73만 원
의 삭감 통보를 받았다. 굳이 먹는 약을 쓰면 되는데 몸에 붙이
는 패치와 같이 사용했다는 것이다.

　　　나는 60알을 처방한 근거와 마약성 진통에서 고용량이라는

기준은 있을 수 없다는 것을 밝혀야 했다. 만약 먹는 마약성 진통제만을 처방했다면 환자는 한꺼번에 여덟 알씩 매일 죽을 때까지 먹어야만 했을 것이다. 약만 먹어도 배가 부를 지경이다. 꼼꼼히 그 이유를 적어 이의 신청을 했다. 호스피스 병동에서조차 마약성 진통제를 쓸 때 필요 이상의 규제를 받아야 한다면 우리는 아프게 죽어갈 수밖에 없기 때문이다.

프랑스의 철학자 시몬느 드 보부아르는 1964년에 발표한 《죽음의 춤》이라는 책에서 암과 싸우는 어머니의 고통을 담담하게 묘사했다. 마약성 진통제가 제한적으로 사용되던 시대였기 때문에 보부아르의 어머니는 죽음을 앞두고 엄청난 통증과 맞서 싸워야 했다. 그녀는 어머니를 지켜보면서 "사람이 죽음을 인식하고 받아들인다 할지라도 그것은 무엇으로도 정당화할 수 없는 폭력이다."라고 썼다. 톱니바퀴로 배를 가르는 듯한 통증을 느끼면서 죽어가는 것은 보부아르의 말처럼 "무엇으로도 정당화할 수 없는 폭력"일 것이다.

2012년 한 해, 전 세계에서 800만 명에 달하는 사람들이 암으로 삶을 마감했고, 나의 엄마도 그들 중 하나였다. 엄마는 폐암이었다. 그러나 폐암에서 흔히 나타나는 기침이나 호흡 곤란 등의 증상은 별로 없었다. 하지만 고개를 옆으로 돌리는 것조차 힘들어할 정도로 심각한 통증을 호소했다. 암세포가 머리부터 척추, 골반까지 몸의 중심을 이루는 뼈로 빼곡히 전이됐기 때문이었다.

뼈란 그저 딱딱한 구조물만은 아니다. 그 안에는 풍부한 혈관과 여러 종류의 세포로 구성되어 있어 암세포들이 살기에 좋은 환경을 제공한다. 암이 뼈로 전이되면 뼈의 표면에 있는 신경을 자극하기도 하고 뼈의 파괴가 진행되어 골절을 유발하기도 한다. "뼈를 에는 듯한"이란 표현이 있듯이 엄마는 도저히 견딜 수 없는 통증에 시달려야만 했다. 나는 호스피스 병동의 다른 보호자들과 마찬가지로 엄마가 어차피 오래 살 수 없다면 적어도 고통이라도 덜 받다가 가시길 원했다. 다행히 엄마는 적절한 방사선 치료와 모르핀 투여로 편안한 임종을 맞이했다.

보부아르의 어머니와 나의 엄마, 두 여자의 죽음이 확연히 다른 이유는 순전히 모르핀 때문이다.

나는 호스피스 의사가 된 뒤 '한 번은 죽어야 하는 인간'에게 신이 내린 마지막 선물이 모르핀이라는 생각을 하게 됐다. 1805년 독일의 프리드리히 제르튀르너(Friedrich Sertürner)가 꿈의 신 모르페우스(Morpheus)의 이름을 따서 만든 이 약은 아편에서 추출한 것이다. 오늘날 아편은 마약 물질로 분류돼 단속의 대상이 되고 있지만, 중세 때 아편은 궤양이나 우울증 환자의 치료제였다. 또 불과 200여 년 전만 해도 이질, 콜레라 등 전염병의 특효약이기도 했다.

아편은 한때 고통을 잠재우고 예술가의 영감을 자극하는 신의 선물이라고 칭송받았지만, 사람들이 아편에 중독되고 범죄 조직의 손쉬운 돈벌이 수단으로 악용되기 시작하면서 '몹쓸 것'이 되고 말았다.

이러한 역사적인 배경 때문인지 일반인뿐만 아니라 의료진조차도 마약성 진통제에 대해 많은 오해와 공포를 가지고 있다.

"아버님이 입원하시고 부쩍 더 아프다고 하시네요. 혹시 마약에 중독되신 것은 아닐까요? 나중에 진통제가 듣지 않아서 아파하시면서 떠나실까 봐 걱정이에요. 저렇게 진통제를 많이 쓰면 약 때문에 혹시 일찍 떠나시는 건 아닌가요?"

재룡 할아버지의 며느리가 걱정스런 표정으로 물어왔다. 재룡 할아버지는 대장암이 복막으로 전이된 환자로 간호사에게 내가 처방한 것보다 "2시간 먼저" 약을 요구했다.

얼핏 보면 이 상황은 그가 마치 '중독'된 것처럼 보일 수 있지만 사실 그는 단순히 심한 통증을 느꼈을 뿐이다. 통계에 따르면 통증을 가진 환자 1만 명 중 2명 미만의 환자만이 마약성 진통제에 중독 현상을 보인다. 하지만 이것은 초보 골퍼가 홀인 원을 할 확률보다 낮은 것이다.

중독이란 단순히 신체적인 의존뿐만 아니라 정신적으로도 효과를 얻기 위해 사용하는 것을 말한다. 즉, 기분이 '붕 뜨길' 원하고 '일상에서의 탈출'을 위해 계속 마약을 찾는 것이다. 그러나 극심한 통증에 시달리는 환자는 '일상으로 복귀'하기 위해 진통제를 찾는다. 그들은 통증이 사라지면 더 이상 진통제를 요구하지 않는다.

"마약성 진통제는 쓰면 쓸수록 통증에 효과가 있어요. 그래서 나중에 암이 커져서 통증이 심해지면 그만큼 더 쓰면 되니까 나중을 생각해서 아껴서 쓸 필요는 없어요. 아버님께서 진통제를 자주 달라고 하시는 이유는 마약에 중독되신 것이 아니라 아직은 통증을 조절하는 단계라서 그래요. 아버님한테 필요한 진통제의 하루 용량을 찾아내면 지금처럼 자주 아프다고 하시지는 않을 거예요. 그리고 마약성 진통제는 여명을 절대로 앞당기지 않아요. 오히려 통증이 없어지면 하고 싶은 일이 생겨서 더 오래 사실 수도 있답니다."

통증이 조절된 재룡 할아버지는 평소 즐겨 마시던 구기자

술을 며느리에게 가져오게 했다. 그리고 두 발을 부드럽게 만져 준 발 마사지 봉사자와 함께 즐겁게 한잔했다. (병원에서 술을 드시게 했다고 놀라지 마시길. 호스피스 병동에서는 환자가 평소에 좋아했던 막걸리나 소주 한 잔 정도는 드시게 한다.)

치통이 아무리 심해도 한꺼번에 진통제를 다섯 알씩 먹지는 않는다. 통증을 잡으려다 사람을 잡을 수 있기 때문이다. 약국에서 쉽게 구할 수 있는 타이레놀도 하루에 여섯 알을 초과하면 진통의 효과는 증가하지 않고 간에 부담만 준다. 이렇게 일반 진통제는 일반적으로 정해져 있는 용량을 초과하면 통증에 대한 효과보다는 약물에 대한 부작용이 심해지기 때문에 쓸 수 있는 용량의 한계가 있다. 이것을 약의 천장 효과(ceiling effect)라고 한다.

그런데 이런 천장 효과가 없는 약이 있다. 호스피스 병동에서 많이 쓰이는 마약성 진통제이다. 그것은 일반 진통제와 달리 많이 쓰면 쓸수록 통증이 잘 조절된다. 더군다나 날록손(naloxone)이라는 해독제까지 있으니 '모르핀'이야말로 신이 세상을 떠날 때만은 아프지 말라고 인간에게 특별히 내려준 '마지막 선물'이다.

사망 원인 1위인 암은 사람이 떠날 무렵에 부쩍 커진다. 암 덩어리가 커지면 정상 조직을 파괴하는 묵직한 암성 통증도 당연히 심해진다. 그래서 사람들은 너무 일찍부터 진통제를 쓰기 시작하면 통증이 가장 극심한 마지막 순간에는 정작 쓸 수 있는 약이 없을까 봐 전전긍긍한다. 모르핀을 최후의 약으로 남겨두었으면 하고 부탁까지 한다. 그러나 통증에 관한 한 모르핀은 쓰면 쓸수록 효과가 있는 약이다.

이러한 마약성 진통제의 비밀을 알려주면 누구나 "진짜 그런 약이 있나요?" 하고 물으며 신기해한다. 환자나 보호자는 어차피 살릴 수 없다면 고통 없이 떠날 수 있다는 확신만으로 가느다란 희망을 갖는다.

모르핀은 우리를 죽음의 공포보다 더 끔찍한 암성 통증에서 해방시켜주는 이로운 약제이다. 우리는 지금보다 좀 더 정확하게 모르핀에 대해서 알아야 한다.

아직도 말기 암 환자임에도 불구하고 환자, 보호자, 의료진의 모르핀에 대한 오해와 두려움으로 마약성 진통제를 거부하면서 의미 없는 통증에 시달리다가 마지막 순간을 맞이하는 사람들이 많기 때문이다.

나는 인생의 마지막 의사로서 당부한다. 언젠가 당신에게 그때가 오면 신이 내린 선물, 모르핀을 거절하지 말고 받아들이라고. 통증이 없으면 죽음의 맨 얼굴을 똑바로 응시할 수 있고, 고통 없는 죽음은 결코 폭력적이지 않을 것이다.

# 배내옷과
수의

에이즈가 만연한 아프리카 케냐에서 한국 여성들이 왔다. 젊은 간호사와 복지사였다. 그들은 병의 근본 치료가 힘든 아프리카 국가에서 완화 의료, 호스피스를 활성화시키는 것이 현실적인 대안이라고 설명했다. 그래서 모처럼 고국에 방문했다가 호스피스 병동에 견학을 온 것이다. 나는 머나먼 케냐 땅에서 '죽음의 질'을 높여주려는 착한 여인들에게 우리 병동을 아낌없이 안내했다. 그들은 말기 암 환자들이 통증 없이 편안해하는 모습에 놀라며 만족했다.

호스피스 소개를 마칠 무렵, 나는 뜬금없이 사시사철 더운 케냐에선 신생아에게 어떤 배내옷을 입히는지 몹시 궁금하다고 물었다. 오래전에 더운 스리랑카로 의료 봉사를 간 적이 있는데 갓 태어난 신생아에게 민소매 배내옷을 입히는 것을 봤기 때문이었다. 그들은 호스피스와는 별로 상관없는 질문에 서로 마주 보며 웃었다. 그러고는 "글쎄요. 그저 옆에 있는 담요로 아이를 둘둘 말아요."라고 겸연쩍게 대답했다. 어쩐지 케냐에서는 죽음도 둘둘 말 것 같다는 생각이 들었다. 삶이 어느 정도는 윤택해져야 아름다운 마무리도 생각할 여유가 생기는 법이니까.

그렇다면 우리나라의 배내옷은 어떤가. 부드러운 면으로 만들어진 상품화된 것은 물론이고 요즘은 할머니들이 손바느질로 정성스럽게 직접 만들어주기까지 한다. 세상에 태어나 처음으로 입는 옷으로 아마 이보다 좋은 것은 없을 것이다.

세계 최고의 배내옷을 입힐 만큼 삶이 윤택해졌다면 우리의 마지막은 얼마만큼 세련되어가고 있을까? 다른 것은 몰라도 이것만큼은 누구보다 정확하게 말할 수 있다. 얼마 전에 한 외국인 교수가 한국식 장례 문화를 패스트푸드 음식점으로 비교할 만큼 저급하게 표현하기도 했지만, 나는 아름답게 임종을 맞이하는 가족들도 많이 봤다.

28살 미은 씨의 어머니는 유방암 환자였다. 그녀는 머리로 전이된 암 때문에 두 눈이 멀었다. 그래도 청력은 아주 또렷해서 나는 회진을 밝은 목소리로 해야 했다. 그녀는 의사의 목소리 톤에 민감했다. "좀 어떠세요?"라는 나의 질문에 "좋아요."라고 또랑또랑 대답했다. 한 번도 죽여달라는 말이나 힘들다는 말을 내비친 적이 없었다. 환자가 생각보다 밝은 것을 제외하면 미은 씨 가족은 다른 호스피스 가족들과 전혀 다르지 않았다. 흔히 여자가 아프면 자매들이 성심성의껏 도와주듯이 미은 씨의 이모도 반찬이며 여러 가지를 챙겼다. 미은 씨를 비롯해서 가족들은 최선을 다해 환자를 돌봤다. 그렇게 얼마간 시간이 흐른 뒤 호흡이 가빠지고 가래가 끓으면서 임종의 신호가 왔다.

그러나 미은 씨는 어쩔 수 없는 어머니의 죽음 앞에서 마냥 슬퍼하지만은 않았다. 미은 씨의 이모가 연주하는 가녀린 플루트 소리가 임종실에서 들려왔다. 미은 씨는 어머니의 손을 꼭 잡고 있었고 남동생은 발치에 앉아 음악 소리를 듣고 있었다. 옆방에서 슬픔에 잠긴 채 창밖만 우두커니 바라보던 미은 씨의 아버지가 서서히 일어나서 죽어가는 아내의 발을 어루만졌다.

나는 미은 씨 가족의 허락을 받고 스마트폰으로 그 슬프도록 아름다운 광경을 촬영했다. 별 뜻은 없었다. 그저 내 딸에게 보여주고 싶었다. 나도 우여곡절 끝에 임종실의 주인공이 되는 날이 온다면 내 딸도 미은 씨만큼만 했으면 좋겠다고 생각했다. 너무 슬퍼만 하지 말고 그저 아름다운 모습으로 나를 보내줬으면 하는 마음뿐…….

운 좋게도 나는 이 아름다운 모습을 5일이나 더 지켜볼 수 있었다.


죽음을 다루는 호스피스는 의학의 한 분야일 뿐만 아니라, 인간이 지향하는 가장 고급스러운 문화이다. 새로운 시작을 위해서는 아름다운 마무리가 꼭 필요하다. 이제 우리도 죽음을 이불에 둘둘 말 때가 아니라, 미은 씨의 가족처럼 아름다운 문화로 승화시킬 수준에 다가가야 한다.

**3.**

그러니까
오늘
더 사랑하세요

오늘은 나,
내일은 너

천주교 대구 대교구청의 성직자 묘역 입구에는
"오늘은 나, 내일은 너(Hodie mihi Cras tibi)"라는 글귀가 새겨져
있다. '오늘은 내가 죽지만, 내일은 네가 죽는다.'라는 뜻으로 메
멘토 모리(Memento Mori. 죽음을 기억하라는 뜻의 라틴어)와 비슷한
말이다.

죽음은 누구에게나 어김없이 온다. 오늘 이 자리에 누워 있
는 나뿐 아니라 내 묘지 앞에 멀쩡하게 살아 있는 당신도 머지

않아 곧 죽는다는 식의 해석은 얄밉게 들릴 수 있다. 어차피 죽을 운명이니까 아등바등 애타게 살지 말라는 식의 말도 허무하기 이를 데 없다. 해석이야 각자의 마음에 달려 있지만, "오늘은 나, 내일은 너"란 글귀가 가슴을 먹먹하게 만드는 건 어쩔 수 없는 노릇이다.

"엄마, 내일 내가 살 확률이 더 높은 것 같아, 아니면 죽을 확률이 더 높은 것 같아?"

아들에게 호스피스 이야기를 하려고 하다가 괜한 핀잔만 들었다. 하긴 틀린 말도 아니다. 내일 당장 죽는다고 생각하는 사람이 없다는 것도 맞는 말이고, 확률까지 들이밀면 도무지 이길 재간이 없다. 그렇지만 간절히 피하려고 애써도 일어날 일은 일어나고야 마는 것이 바로 '죽음'이다. 아들에게 들려준 이야기는 이런 것이었다.

55살 말기 폐암 환자인 혜자 아주머니는 26살 된 다 큰 딸아이를 잃었다. 차 사고였다. 항암 치료를 받는 3년 동안 하루도 빠짐없이 함께 다녔던 딸아이가 폐암을 앓고 있던 혜자 아주머니보다 먼저 떠났다. 이렇게 불편한 운명의 순간들은 가끔씩 우리가 세운 인생 계획과는 무관하게 펼쳐진다. 나는 일말의 예고

조차 없이 막무가내로 던져져버리고 마는 이 죽음의 법칙을 호스피스 의사가 되어서야 비로소 알 수 있었다……

그래서 젊고 야심찬 내 아들에게 눈치 없이 죽음 이야기를 꺼냈던 터였다. 확률 이야기에 잠시 말문이 막힌 나는 아들을 위해 타로카드를 가져와 죽음을 해석해보기로 했다. 재미로 보는 '타로점'에는 특이하게 해골 그림과 함께 'DEATH'라고 검정색으로 쓰여 있는 카드가 있다. 죽음의 카드가 뽑히면 언제나 섬뜩하다. 우리의 죽음도 이렇게 카드를 뽑는 것처럼 찾아온다.

인생을 카드놀이라고 치자. 하루를 카드 한 장이라고 가정하고, 80살까지 산다고 하면 계산상으로는 태어날 때 우리는 3만 장의 카드를 들고 있다. 그 속에 단 한 장 반드시 들어 있는 것이 죽음의 카드다. 요즘 사람들은 평균 수명인 80살까지 살 확률이 많으므로 죽음의 카드가 3만 번째 나올 거라고 생각한다. 그러나 '타로점'을 볼 때 해골이 그려져 있는 죽음의 타로카드가 아무런 예고도 없이 슬쩍 뽑히는 것처럼 나의 죽음의 카드도 언제든 불쑥 튀어 나올 수 있다.

이 죽음의 카드는 힘이 세다. 언제 내던져질지 모르는 마지막 패이기도 하지만, 이 카드는 일단 뽑히고 나면 아무리 좋은 수천 장의 카드가 남아 있어도 그 뒤부터는 단 한 장도 쓸 수가 없다. 뿐만 아니라 죽음의 카드는 내가 사랑하는 사람들의 인생에도 치명적인 영향을 미친다.

생각조차 하고 싶지 않지만, 만약 내 아이가 나보다 일찍 그 카드를 뽑는 날에는……. 어찌 되었든 이 죽음의 카드는 어떤 카드도 이겨버리는 궁극의 패인 셈이다.

적게는 11살부터 많게는 99살까지의 환자들을 떠나보낸 경험이 있는 호스피스 의사로서 확률보단 타로카드 이야기가 피부에 더 와 닿는 것은 어쩔 수 없다. 우리는 살면서 죽음에 관해서는 대부분 두 눈을 가린 채로 살아간다. 괴로워하고 힘들어하고 또 기뻐하고 즐거워하면서도 죽음은 기어이 밀쳐낸다. 시간이 흘러 인생의 마지막 카드가 던져질 무렵이 되어서야 비로소 두 눈을 가린 붕대를 벗겨내고 찬찬히 과거와 현재를 자세히 들여다보지만, 때는 이미 늦는다.

오늘은 나, 내일은 너.

어느 시인은 천 년을 함께 살아도 한 번은 이별을 한다고 말했다. 우리는 한 번 하는 영원한 이별을 가슴에 새기고 살아야 한다.

죽음을 기억하라는 말은 이별할 것을 각오하면서

이 순간을 뜨겁게 살아내라는 말이고, 결국 후회 없이 사랑하라는 말이다. 진정으로 뜨거운 삶을 살길 원한다면 내 인생의 마지막 카드가 바로 내일 뽑힐 수도 있다는 것을 잊지 말아야 한다.

이것이 "오늘은 나, 내일은 너"의 진정한 의미이다.

# 세상에
## 머물 수 있는 날이
### 하루밖에
#### 없다면

이 세계에는 눈물조차도 흘릴 수 없는
슬픔이라는 것이 존재한다. 그것은 그 누구에게도
설명할 수 없고, 혹시라도 설명이 가능하다고 해도
아무도 이해할 수 없는 그런 종류의 것이다.
- 무라카미 하루키, 《세계의 끝과 하드보일드 원더랜드》

　　　　38살의 엄마보다 86살의 엄마를 떠나보내는 것이
더 팍팍했다면 믿기 어려울 것이다. 나이가 지긋하면 죽음이 쉬
울 것 같지만 꼭 그렇지만도 않았다. 거대한 상실의 과정은 누구
나 처음 겪는 일이라 서툴고 어렵기 때문이다. 그럼에도 불구하
고 "쉬워 보인다."라는 말은 죽어감 속에도 인간의 품위를 잃지

않고 일상의 일들을 천연덕스럽게 해나간다는 뜻이리라. "쉽다."
라는 말이 결코 죽음을 가볍게 여긴다는 의미는 아닐 것이다.

지은이의 엄마가 죽어가고 있었다. 지은이는 초등학교 5학년 봄방학을 동생 효은이와 함께 엄마가 입원한 호스피스 병동에서 지냈다. 아이들은 봄방학이 끝나고 새 학기가 시작되어도 집으로 돌아가지 않았다. 엄마에게 "학교 다녀오겠습니다."라고 얌전하게 인사하고 병원에서 등교를 했다. 젊은 엄마의 죽음이란 결코 일어나서는 안 되는 일이지만, 그렇다고 세상에 없는 일도 아니었다.

4년 전, 지은이 엄마의 얼굴에 암이 생겼다. 살기 위해서 수술을 하고 독한 항암 치료도 스스럼없이 했다. 하지만 언젠가는 세상을 떠날 것 같아서 독하게 마음먹고 차근차근 이별 준비도 해두었다. 종교를 가졌고, 아이들과 여행을 했다. 머지않아서 얼굴이 일그러질 것 같아 수술 후에는 리마인드 웨딩 촬영도 했다. 수술한 자국이 표시나지 않게 신부 화장을 짙게 해야만 했다. 남편한테는 검은색 턱시도를 입히고 두 딸에게는 하얀 드레스를 입혀서 세상에서 제일 행복해하는 모습을 사진으로 남겨두었다.
그녀는 지은이가 초경을 할 때 곁에 없을 것이 분명했다.

겁내지 말라는 짧은 편지와 생리대, 생리 양이 많은 날에 깔고 자면 좋은 짙은 색 담요 한 장을 넣어 꾸러미를 만들었다.

예상대로 그녀는 얼굴이 점점 망가져 갔다. 오른쪽 눈이 불룩하게 툭 튀어나오고, 광대뼈와 아래턱은 잔뜩 부풀어 오른 붉은 암 덩어리로 울퉁불퉁해졌다. 피부가 연약해져서 살짝이라도 부딪히면 얼굴은 진물이 줄줄 흐를 것만 같았다. 그런데도 그녀는 두건과 마스크를 쓰고 아이들을 위해 밥을 차렸다.

어느 날 아침 회진 시간에 병실에 들어갔다가 숟가락도 들 수 없을 것 같은 가녀린 손가락으로 먹다 남은 반찬을 주섬주섬 냉장고에 집어넣고 있는 그녀의 뒷모습을 봤을 때 한동안 멍하게 서 있을 수밖에 없었다.

아, 우리가 세상에 머물 수 있는 날이 단 하루밖에 없다면 무엇을 해야 할까? 나도 그녀처럼 사랑하는 내 아이를 위해 밥을 차려야 할 것 같았다.

지은이와 효은이가 호스피스 병동에 머무는 동안 죽음에 대한 교육을 급하게 해야 했다. 회진을 갈 때마다 두 자매는 공부를 하고 있었다. 의사가 될 거라고 했다. 나는 지은이를 앉혀 놓고 엄마의 어떤 곳에 암이 생겼고, 암이란 어떤 병인지에 대해서 소상히 알려주었다. 이야기를 들은 지은이는 집에서 기르

다가 죽은 금붕어 이야기를 했다. 죽어서 어항을 둥둥 떠다니는 금붕어를 동생 효은이가 건져서 휴지에 곱게 싸주었단다.

하루는 지은이의 아빠가 언제까지 아이들을 엄마 옆에 두어도 되는지 차분히 물어왔다.

내가 아이들에게 조용히 물었다. "너희들, 엄마가 무섭니?" 지은이는 "아니요."라고 낮게 말했고, 나비 모양 머리핀을 곱게 꽂은 효은이도 고개를 살래살래 흔들었다. 그래서 두 어린 딸은 엄마가 떠나는 마지막 순간까지 함께했다.


석례 할머니도 죽어가고 있었다. 8년 된 유방암이 소뇌로 전이되어 걸을 수가 없었다. 열이 펄펄 끓는 폐렴으로 입원을 했다. 석례 할머니는 휠체어에 우두커니 앉아서 "이제 그만 빨리 갔으면 좋겠다."라고만 되뇌었다.

석례 할머니의 딸은 붉은 립스틱을 바르고 세련된 옷차림으로 병문안을 왔다. 엄마의 병이 이제는 힘들다는 것을 잘 알고 있는 듯했다. 하지만 딸은 석례 할머니의 상태에 따라 감정의 기복이 심했다. 한밤중에 간호사실로 전화해서 내일 당장 퇴원한다고 했다가 다음 날 아침이 되면 다시 계속 입원하겠다고 했다. 환자에게 꼭 필요한 약을 처방하면 쓰라고도 했다가 쓰지 말라고도 했고, 고무장갑 한 짝을 잃어버린 사소한 일로 간병사를 심하게 닦달했다. 그녀의 과도한 슬픔 때문에 주위의 사람들은 힘도 덩달아 기운이 빠졌다.

어두운 밤이 지나면 새벽이 저절로 오지만, '이별 뒤의 평온함'은 자연의 순리처럼 저절로 오지는 않는다. 떠나는 사람이 편안히 준비해야만 살아남는 사람도 인생의 이별 여행을 순탄하게 함께할 수 있다.

# 이 소식을
## 어떻게
### 알려드려야 할까요?

비록 지금은 어두워 보일지라도,

끊임없이 끊임없이 나가다 보면

언젠가는 그 끝에 빛이 보일 수도 있지 않을까?

- 오에 겐자부로

85살 할머니를 입원시키고자 63살인 딸이 상담을 하러 왔다. 검정색 투피스를 단정하게 입은 그녀는 조심스럽게 말을 꺼냈다.

"어머니가 췌장암이에요. 두 번 항암 치료를 하셨는데 기력이 너무 떨어져서 이제는 더 이상 못하실 것 같아요. 호스피스에 입원하실 수 있는지요?"

"여든다섯이신데 항암 치료를 하셨나 봐요?"

"네⋯⋯. 암이라는 사실을 알려드리니까 원하셨어요. 의사 선생님께서도 항암 치료를 안 하면 6개월밖에 못 산다고 하시니 안 할 수도 없었어요. 이렇게 힘들 줄 알았으면 안 할 걸 하고 후회하고 있어요."

그녀가 말하는 도중에 눈물을 흘렸다.

"그럼 항암 치료를 더 이상 하시면 안 된다는 사실도 알려드렸나요?"

"아뇨. 어머님이 왜 항암제를 안 주냐고 하시니까 그쪽 의사 선생님이 비타민 주사에 검정 봉지를 씌워서 맞게 해주셨어요."(항암제는 광선에 노출되면 안 되므로 빛을 차단해서 투입한다.)

"그럼 죽음이 다가왔다는 것을 전혀 모르시는 거군요."

"직접 알려드린 적은 없지만 알고 계실 것 같기도 하고 모르시는 것 같기도 해요. 이때쯤이면 좋은 음악도 들으시고 기도도 하시면서 지내셨으면 좋겠어요."

그러면서 그녀는 또 흐느꼈다.


이런저런 이유로 우리는 '나쁜 소식'을 정작 알아야 할 당사자에게 알리지 못하고 있다.

삶의 끈을 놓아버리고 상태가 금방 나빠질까 봐. 성격이 까칠해서 죽을병에 걸렸다는 사실을 알면 자살이라도 시도할까 봐. 그냥 차마 그 말이 입에서 떨어지지 못해서. 이제는 자신을 포기한다는 오해를 할까 봐……. 이런 여러 가지 이유로 정작 알아야 하는 환자만 쏙 빼놓고 다른 식구들은 다 알면서 '그때' 가 빨리 다가올까 봐 마음 졸이면서 살아간다.

삶이 이제 얼마 안 남았다는 현실을 알게 되면 누구나 당연히 절망에 빠진다. 분노하고 공포에 질려 있기도 하며 허망함에 잠을 설치기도 한다. 그러나 대부분은 현명한 결론에 도달한다.

보호자가 아는 만큼 환자도 알아야 현실을 잘 받아들일 수 있다. 의학적으로 자신의 몸 상태를 정확하게 모르는 상황에서 죽음을 수용할 수는 없기 때문이다.

"나을 수 있어."라는 비현실적인 희망이 당장은 편해 보이지만 마지막에는 환자를 빠져나올 수 없는 깊은 절망으로 몰아넣는다. 그래서 "안 그래도 얼마 남지 않은 분에게 곧 돌아가실 거라는 사실을 굳이 알려야 하나요?"라는 질문은 언제나 나를 곤혹스럽게 한다.

통증을 치료할 때에도 나쁜 소식을 아는 편이 조절하기가 훨씬 쉽다. 내 경험에 비추어보면, 환자 본인이 어떤 상태인지 모르는 채로 통증만 조절하는 의학적 접근은 거의 실패했다. 반대로 환자가 '나쁜 소식'일지라도 자신의 상황을 정확하게 알고 있으면 통증을 적극적으로 표현했고 마약성 진통제에 대한 거부감도 더 적었다.

"시골 사시는 어머니가 살이 너무 빠지셔서 병원에 모셔갔더니 위암이라고 하더군요. 복막으로 많이 퍼져서 수술도 항암치료도 할 수 없대요. 올해 일흔다섯이신데 사시면 얼마나 사시겠어요. 주위에 물어보니 말기 암이라는 거 알려드리면 더 빨리 떠나신다고 해서 어머니한테는 별것 아니니 그냥 식사만 잘하시면 된다고 했어요. 얼마 전에 이모님이 어머니와 같은 위암에 걸리셨는데 그 사실을 알려드리자마자 농약을 마시고 자살하셨어요. 치료는 안 해도 좋으니까 본인은 모르게 해주시고 선생님은 통증 조절만 해주세요. 어차피 떠나실 거라면 안 아프게 해드리고 싶어요."

"이모님이 그렇게 떠나시는 걸 보시면서 뭐라고 하시던가요?"

"남은 사람은 생각도 하지 않고 그렇게 갔다고 하시면서 많이 원망하셨어요."

"그러시면 괜찮습니다. 큰따님이 어머님과 가장 친하시니까 어머님께 이제 치료가 안 되는 병에 걸렸다고 솔직하게 말씀드리세요. 대신 어머님이 알고 싶은 만큼 천천히 알려드리는 것이 중요해요. 그리고 어떤 경우에도 끝까지 함께하겠다는 말씀을 꼭 해드리세요. 그런 다음에 어머님께서 호스피스를 원하시면 언제든지 모시고 오세요."

　　우리들 대부분은 내일은 오늘보다 나아지겠지라는 막연한 희망을 품고 살아오는 데 익숙해져 있다. 언제나 희망에만 칭찬과 격려를 보내는 사회이다. 하지만 죽음은 언제나 도둑처럼 살그머니 찾아온다. 주치의로부터 "이제 우리로서는 더 이상 해드릴 것이 없습니다. 집으로 돌아가셔서 맛있는 것이나 많이 드시게 하세요."라는 말을 들었다면 그때부터 우리는 인생의 가장 쓸쓸한 구간을 통과할 각오를 해야 한다.

　　누구나 처음 겪는 일이지만, 나쁜 소식을 정확하게 알고 있는 사람은 어렵게만 보이는 그 과정을 순조롭게 시작했다. 그래서 호스피스 진료를 할 때 나는 차트 한구석에 환자 본인이 말기 암이라는 사실을 알고 있는지 모르고 있는지 소심하게 적어놓는다.

배웅·Seeing off. 2015. digital painting. 296×420mm

"큰따님이 어머님과 가장 친하시니까
어머님께 이제 치료가 안 되는 병에 걸렸다고
솔직하게 말씀드리세요.

대신 어머님이 알고 싶은 만큼 천천히
알려드리는 것이 중요해요.
그리고 어떤 경우에도
끝까지 함께하겠다는 말씀을
꼭 해드리세요."

# 오늘의 행복을
# 내일에
# 양보하지 마세요

어제는 역사, 내일은 수수께끼
그리고 오늘은 신의 선물이다.
- 조안 리버스

"공부에 익숙해질 만하니까 졸업이네요."

한 대학생이 졸업식에서 말했다. 호스피스 병동에서 삶의
마지막 나날을 보내고 있는 분들도 비슷한 말을 한다. 그들은
인생의 졸업식을 앞두고 말한다.

"이제 먹고 살 만하니까 병에 걸렸네요."

조실부모한 형제가 있었다. 형은 15살이나 어린 동생을 아
들처럼 애틋하게 끼고 살아왔다. 애지중지하던 동생이 간암에

걸려 환갑도 못 채우고 먼저 떠나자, 형은 먼발치에서 소리 없이 흐느꼈다. 우리 가족도 아버지가 심장마비로 갑자기 돌아가셨을 때, 머릿속이 하얘져서 "이제 막내딸 시집보내고 살 만하니까 돌아가셨어요."라며 구슬피 울었다.

열심히 사는 법만 배우다 보면, 이미 때가 늦어버리기도 한다. 죽음만큼 확실한 것도 없지만, 죽음의 시간만큼 불확실한 것도 없기 때문이다.


"이 정도면 대충 얼마나 남았나요?"

어김없이 사람들은 묻는다. 아직 환자를 보지도 못했는데, 전에 있던 병원에서 치료받았던 오래된 의사 소견서만 한 장 달랑 들고 와서 사망 예정일을 알려달라니.

"글쎄요……."

"그래도 대충이라도."

"……."

"이런 거 많이 해보신 분이니까, 대충이라도 아시지 않나요?"

사망 예정일이라는 것은 산부인과 의사가 출산 예정일을 말하는 것처럼 간단한 일이 분명 아니다. 아직은 살아 있는 사람에게 사망할 날짜를 불쑥 말해버린다는 것이 낯 뜨겁기도 하고. 송이버섯처럼 울룩불룩 불거진 암 덩어리를 가지고, 또 배꼽이 볼록 튀어나올 정도로 부풀어 오른 배를 가지고 그리 오래 버티지 못할 거란 사실을 삼척동자도 다 아는 일이다. 그런데도 자꾸 물어오면 왠지 화가 난다. "당신은 그럼 얼마나 남았나요?"라고 되묻고도 싶다.

대신 나는 이런 질문을 기대한다.

"이럴 때 환자들이 바라는 것은 무엇인가요?" "우리가 해줄 것은 없나요?" "이런 거 많이 해보셨으니까, 죽음을 앞둔 환자가 무엇을 가장 하고 싶어 하던가요?"

하지만 이런 복잡한 생각들을 잠시 접어두고 나는 대답한다.

"얼마 남으신지 알고 싶으신 거죠? 그런데 여명(餘命)이라는 것이 의사 소견하고 꼭 맞아 떨어지는 경우가 별로 없더라구요. 호스피스 병동에 입원하시면 평균 27일을 계셨어요. 그것도 마지막에는 하루 종일 거의 잠만 주무시니까, 맑은 정신으로 이야기하시고 지금처럼 죽이라도 드시는 날은 정말 며칠 안 남으신 거죠."

"아직 그 정도는 아니신 것 같은데."

"어디까지나 평균이 그렇다는 거예요."

"실은 아버님 칠순이 다음 달인데, 편찮으실 때는 생신상을 안 차린다고 해서 어떡할까 고민하고 있어요."

잠자코 고개를 숙이고 있던 아들과 며느리가 드디어 내가 기다리던 질문을 했다.

아픈 사람의 생일상은 안 차린다고들 하지만 그건 죽음이라는 것을 전혀 모르고 하는 소리다. 내일이 없는 호스피스 병동에서 내년이란 절대로 있을 수 없다. 오늘이 남은 내 생애 중에서 최고로 건강한 날이다.

결국 우리는 병원에서 환자의 칠순 잔치를 치렀다. 병풍을 두르고 알록달록한 꽃 사탕도 보기 좋게 높이 쌓았다. 봉사자들은 꽹과리를 치고 북도 두드렸다. 일가친척들이 도착하자, 아들과 며느리가 쑥스러워하면서 다소곳이 큰절을 올렸다. 입원 내내 기운 없이 축 처져만 있던 환자가 오랜만에 입을 열었다.

"정말 고맙구나……."

울면서 웃으면서 하루가 정말 정신없이 지났다.


'좋은 삶'이란 무엇일까? 그것은 살아가는 과정이 좋다는 것일 테다. 그렇다면 '좋은 죽음'도 죽어감, 즉 죽어가는 과정이 좋아야 한다. 금방이라도 밀어닥칠 죽음의 공포 때문에 눈앞이 캄캄해져서 우왕좌왕하다 보면, 안타깝게도 인생의 마지막 기회마저 놓쳐버리고 만다. 아무 스스럼없이 "내일 또 뵙겠습니다."라고 말할 때가 좋은 시절이다.

권투 선수가 케이오 패를 당하고 만신창이가 되어 링에서 내려오는 것처럼, 환자들은 화려한 인생의 무대에서 내려와 호스피스 병동으로 속속 들어온다. 두 어깨를 축 늘어뜨린 채 말이다. 더 이상 휘황찬란한 미래는 없다. 그러나 현명한 사람들은 적게 남은 삶의 양에 그리 집착하지는 않는 것 같다.

나는 그들이 차가운 임종실에서조차 아름다운 '오늘'을 만들어놓고 떠나는 모습을 봤다. 그들은 남은 시간을 위해 영화나 드라마에서 볼 법한 거창한 버킷 리스트를 만들지는 않았다. 살아온 인생을 후회하며 통탄에 빠지는 사람들도 없었다. 그저 살아온 그 모습 그대로 평범하고 따뜻한 오늘을 보내고 싶어 했다. 흰머리가 보이면 염색을 하고 싶어 했고, 어느 정도 통증이 조절되어 식욕이 당기면 갓 튀겨서 낸 쫄깃쫄깃한 탕수육을 먹고 싶어 했다. 그 누구도 알 수 없는 '남아 있을 삶의 양'에 연연하기보다는 지금 이 순간에 집중하면서 마냥 행복해했다.


복희 할머니에게는 평생 속만 썩인 둘째 아들이 있었다. 자기 일을 착실히 하며 사회적으로 성공한 큰아들에 비하면 남부끄러워 말도 못 꺼낼 정도였다. 나쁜 일에 휘말려 구치소에도 가고 부인을 때려 이혼도 당했다. 몇 년째 소식이라고는 통 없던 둘째 아들이 어머니가 위암에 걸렸다는 소식을 듣고 드디어 찾아왔다. 복희 할머니는 당신 자신이 암에 걸렸음에도 불구하고 초췌한 아들을 포근히 안아주면서 말했다.

"오늘 돌아와주어 정말 기쁘구나."


기껏 해야 한 달밖에 살 수 없는 호스피스 병동의 환자들이 내일이 보장되어 있는 병동 밖의 사람들과 똑같은 마음으로 하루하루를 살아낸다고 하면 모두들 깜짝 놀란다. 하지만 그러려면 큰 용기가 필요하다.

내일이 없다는 것을 알면서도 아무렇지도 않은 듯이 지낼 수 있는 용기는 그냥 얻어지는 것이 아니다. 헤아릴 수 없이 수많은 밤을 홀로 하얗게 지새운 뒤에야 평화는 찾아온다.

등 뒤에 찾아온 죽음을 두려워하지 않고 살아가는 호스피스 환자들은 오늘만이 내가 누릴 수 있는 유일한 시간이라는 삶의 진리를 뼈저리게 느끼고 있다. 오늘을 오롯이 살아내려면 호스피스 환자처럼 억지로라도 한 번쯤은 미래의 죽음으로 찾아가서 '남겨진 시간들'에 대해 진지하게 생각해볼 필요가 있다.

이럴 때는 초등학교 때 읽은 크리스마스 동화책의 구두쇠 영감 스크루지 이야기가 안성맞춤이다. 크리스마스이브, 인색하기로 악명 높은 구두쇠 영감 스크루지에게 7년 전에 죽은 동업자인 말리의 유령이 찾아온다. 말리는 스크루지에게 과거, 현재, 미래를 보여줄 유령들이 찾아올 것이라고 말한다. 한평생 오로지 돈을 모으는 일에만 골똘해온 스크루지. 그러던 그가 아무도 자신의 죽음을 슬퍼하지 않는 미래의 모습을 보고 악독했던 삶을 반성한다. 구두쇠 스크루지가 나누고 베푸는 새로운 삶으로 살아가게 한 인생의 전환점은 바로 먼저 찾아간 '내일의 죽음'이었다.

어려움을 극복하고 성공한 사람들은 결국 죽도록 힘들었던 그 어려움이 오늘날의 나를 있게 한 원동력이었다고 말한다. 그러나 우리는 시간 순서상 '죽음'이라는 가장 힘든 순간을 인생의 마지막에 경험하게 된다. 나를 변화시킬 수 있는 어려움을 꼭 마지막에 마주할 필요는 없다. 스크루지처럼, 또 호스피스 환자처럼 내가 먼저 찾아갈 수도 있다는 말이다.

'삶과 죽음'은 물과 기름 같은 거다. 그렇지만 이 도저히 섞일 수 없는 것들을 조화롭게 아울러 포용한다면, 내일의 죽음이 아닌 오늘의 삶이 달라진다.

인생은 여행이다. 호스피스 의사로서 한 가지 덧붙이고 싶은 것은 그 여행이 아무런 예고 없이 갑자기 뚝 멈춰버린다는 것이다. 마지막을 염두에 두지 않고 살면 한 번뿐인 내 인생이 내가 원하지도 않는 자리에서 영원히 멈추어버릴 수 있다.

내일 도사리고 있는 재앙에서 벗어나는 방법은 살아감 속에 죽어감의 흔적을 묻히는 것이다. 내일이라는 것이 그 누구에게도 완벽하게 보장되어 있지 않다는 것을 알면, 오늘 그대가 사랑하는 사람에게 무심코 거칠게 한 말이 마지막일 수도 있다는 것을 절대로 잊지 못할 것이다.

그러니, 오지도 않을 비겁한 내일을 위해 오늘의 행복을 너무 많이는 양보하지 말자.

# 인생이란
# 큰 꿈속에서
# 작은 꿈을
# 꾸는 것

사람의 일생에서 가장 행복한 시기는 언제일까? 영국의 한 경제 성장 센터에서 조사한 결과에 따르면 사람의 일생에서 행복도는 23세와 69세에서 가장 높았다. 젊었을 때 행복이 절정을 이룬 다음에 점차 감소할 것이라는 예상과 달리 행복지수는 20세와 70세 사이에서 U자를 그렸다. 그래프의 최저점은 50대 중반이었다.

역설적이지만 죽음이 편해 보이는 나이는 언제일까? 아이러니하게도 죽음은 삶의 행복도와 상관이 있다. 물론 20대는 죽음이 흔한 나이가 아니므로 제외한다. 나이가 많으면 많을수록 죽음이 편해질 것이라는 막연한 예상과 달리 70대에 감격스러운 마지막을 남기는 경우가 많았다. 80~90대에서는 체력이나 정신력이 급격히 혼미해져서 오히려 죽음 앞에서 침착해지기가 힘들었다.

떠나기 일주일 전에 3명의 며느리를 불러 모아놓고 20만 원씩 마지막 용돈을 준 재길 할아버지도 70살이었고, 호스피스에 입원하기 전날 먼저 떠난 부인이 묻힌 곳에 자기 자리를 마련해놓고 온 완수 할아버지도 72살이었다.

문제는 행복도가 최저점인 50대이다. 2013년 서울시 조사에 따르면 무연고 사망자 중 50대 중년층 사망자가 65세 이상의 노인보다 더 많았다. 홀로 쓸쓸하게 죽어가는 '고독사'가 노인만의 문제는 아닌 것이다. 사람의 일생 중에서 가장 불행하다는 50대에 끔찍한 죽음까지 찾아오면 사람들은 극단적인 반응을 한다.

"앞으로 어떻게 되나요? 이왕 안 될 거면 하루라도 빨리 가고 싶어요."라며 삶을 일찍 포기하거나, "죽는다는 것은 한 번도 생각해본 적이 없어요."라며 슬픈 현실을 애써 외면한다. 호스피스에서도 중년의 죽음 돌봄을 하면 본전도 못 찾을 때가 많다. 가족들은 환자의 컨디션이 좋을 때는 나를 고마운 의사로 여기다가도 임종에 이르면 얼굴을 외면한다. 오는 데는 순서가 있어도 가는 데는 순서가 없는 법이다. 더군다나 요즘같이 오래 사는 시대에는 나이 든 부모나 형제가 모두 살아 있는 경우가 허다하다. 그래서 중년 환자의 죽음이 가족의 첫 죽음일 가능성이 크다.

은실 씨는 55살 말기 대장암 환자였다. 여든을 넘긴 친정엄마가 아직도 정정했다. 친정엄마는 은실 씨 앞에서 우두커니 앉아 하염없이 울기만 했다. 사위가 하반신 마비가 된 은실 씨를 욕창이 생기지 않게 정성껏 돌보고 있었지만, 나이 많은 장모는 사위에게 불만이 가득했다. 병에 걸려 죽어가는 딸과 멀쩡해 보이는 사위가 한없이 비교됐다. 이런 분위기 때문인지 중년의 부부는 삶의 끝자락에서 진지한 이야기 한 번 나누지 못한 채 호스피스까지 왔다. 은실 씨는 이제 됐으니 빨리 갈 수 있도록 해 달라고만 했다.

50대 진수 씨는 독실한 기독교 신자였다. 말기 췌장암으로 투병 중인 그에게 친한 친구가 안타까운 문자를 보냈다. "너는 정말 좋은 친구였다. 남에게 싫은 소리 한 번 하지 않고 성실했고, 하나님도 누구보다 열심히 믿었는데……. 나는 네가 그런 병에 걸린 것이 도저히 믿어지지가 않는다. 네가 말하는 천국은 있을지 몰라도 네가 믿는 예수는 없는 것 같다." 진수 씨는 "내가 언제쯤 죽으면 예수가 있는 것일까?"라며 쓸쓸하게 웃었다.

중년 환자 주위에는 그들의 죽음을 허락할 여유로운 사람들이 많지 않다. 이 또한 그들을 애달프게 하는 이유이기도 했다.


마무리하는 모든 존재는 늘 아프고 불안하다. 누구나 일생에서 한 번은 그 마무리라는 것을 해야 함에도 불구하고, 죽음을 기다리는 사람들의 반응은 천차만별이다. 말기 위암에 걸린 85살 할아버지가 눈 깜짝할 사이에 집에서 목을 매거나, 두 번씩이나 이혼한 아저씨가 교황님 오시는 날에 천주교 세례를 받고 고요히 눈을 감기도 했다.

"이런 일을 처음 당하는 것이라서."라며 모두들 당황스러워하지만 곰곰이 생각해보라. 누가 이런 일을 두 번 해보겠는가!

인생은 큰 꿈속에서 작은 꿈을 꾸는 것이라고 했다. 호스피스 병동은 그 거대한 꿈에서 깨어나는 곳이다. 당신을 뒤흔드는 마지막 지점의 삶은 살면서 어떤 경험을 하느냐에 따라 분명히 달라진다.

그동안 세상의 기대에 맞춰 사느라고 힘들었다면

이제는 벗어나라. 지금이 당신의 남은 인생에서 가장 젊을 때이자 가장 건강한 때이다. 주저하지 말고 당신만의 작고 신선한 꿈을 시작해야 한다.

당신의 마지막은 그저 시간이 흐르면 자연스럽게 먹게 되는 당신의 나이가 아니라 살아오면서 만들어온 '삶의 행복'이 결정하기 때문이다.

# 엄마의
# 마지막 주치의

요코를 잃고 나는 알았다. 생명이란 시간이라는 사실을.
그래서 나는 남은 시간을 소중히 여길 것이다.
— 모리사와 아키오, 《당신에게》

"거기 가면 이제 죽는 거 아니니?" 말기 폐암 환자였
던 엄마가 떨떠름한 표정으로 물었다.

건강하셨을 때야 내가 호스피스에서 일하는 것을 누구보다
도 자랑스럽게 여기셨고, 할 일을 다 했으니 이제는 죽어도 괜
찮다고 대수롭지 않게 말하기도 했던 엄마다. 그러나 막상 운명
의 순간이 오자 안절부절 어쩔 줄을 몰라 하셨다.

되돌아보니 엄마의 마지막 주치의가 된 것은 현명한 일은

아니었다. 하지만 어쩔 수 없었다. 명색이 호스피스 센터장이면서 엄마를 다른 병원으로 입원시키는 것도 뭣했고, 평범하지 않은 삶이 죽음 앞에서는 더 많이 흔들린다는 것을 알고 있는 나로서는 다른 곳에서 터져버릴 우리 가족의 갈등이 다소 부끄러웠다. 사람들은 내가 '죽음의 전문가'이니까 잘 이겨낼 것이라고 생각하는 듯했다. 나 또한 내가 배운 호스피스 지식으로 스스로를 위로할 참이었다. 그러나 엄마가 임종하신 그 자리에서 아무 일도 없었던 것처럼 천연덕스럽게 다른 환자의 사망 선언을 해야 한다는 것은 생각 이상으로 서글펐다.

아래 소개하는 글들은 나의 엄마가 막 입원했을 때, 임종의 순간 그리고 떠나신 후 상실감을 극복하기 위해 적었던 것들이다.

# 닭 한 마리 푹 삶던 날

엄마가 폐암에 걸렸다. 발견 당시 늑막으로 전이된 4기였으니까, 1년 정도 버텨준 것만 해도 현대의학 덕분이다. 엄마는 30년 이상 된 당뇨병 환자였으므로 체력이 약했다. 그래서 나는 폐에 물이 찼다는 것을 알았을 때부터 심상치 않다는 것을 알았다. 생각보다 일찍 호스피스 병동에 오실 거라는 것도 직감했다.

엄마의 보호자는 의사인 내가 아니라 10살 어린 남동생이었다. 지금은 '딸 바보'니 하는 딸들의 전성시대이지만, 내가 딸이었을 때는 그렇지 않았다. 엄마의 딸세 명은 한 명뿐인 아들을 위해 존재했다. 아들에게는 곧 빠져버릴 유치에 충치가 생기면 금으로 덮어주었지만, 딸들은 아파도 병원 가는 것조차 꺼려했다. 엄마는 시집가는 딸이 복을 가져간다고 해서 내가 입던 속옷한 장을 몰래 간직했다. 누가 봐도 살가운 관계는 아니었다. 그러나 딸이기 때문에 엄마를 누구보다 깊이 이해해야만 했고, 호스피스 의사였기 때문에 죽음 앞에서 이해할 수 없는 것은 없다고 스스로를 다그쳐야 했다.

엄마는 더 이상 치료 방법이 없는 말기 암 환자가 되었을 때, 호스피스는 죽는 곳이라고 하면서 완강히 거부했다. 평소에는 호스피스는 안 아프면서 죽을 수 있는 곳이라며 이런 곳은 꼭 있어야 한다고 말하시던 분이다. 이래저래 나는 어디에도 써먹지 못하는 죽음의 의사 꼴을 못 면하게 됐다. 뭐, 그런 것이야 비단 엄마만 그러는 것은 아니었으니까 섭섭한 마음은 없었다. 그러나 견딜 수 없는 통증이 엄습해오자 선택의 여지는 없었다. 드디어 남동생과 함께 스스로 호스피스에 왔다. 깡마르고 초췌한 모습이었다.

폐암이 머리부터 목뼈, 허벅다리뼈까지 파먹어가고 있었다. 통증 때문에 옆으로 고개도 돌리지 못했다. 한바탕 감정의 폭풍우가 몰아쳤다. 눈물이 났다. 불편했던 과거 따위는 아무런 문제가 되지 않았다. 다른 보호자들처럼 오로지 엄마가 안 아프면서 떠났으면 하는 바람뿐이었다.

"미안해. 미안해. 나는 이제껏 살면서 마음속으로는 한 번도 죽는다는 생각을 하지 않았어."

엄마가 나를 보고 꺼낸 첫 말이었다.

다음 날, 나는 아픈 엄마를 위해 닭죽을 쑤기로 했다. 닭은 필수 아미노산이 풍부해서 환자의 보양식으로는 그만이다. 새벽부터 일어나 닭 껍질을 벗겼다. 껍질과 근육 사이에 붙어 있는 기름을 떼어내고, 꽁지와 날개를 부엌가위로 싹둑 잘라냈다. 음식물 쓰레기통이 금세 닭 껍질과 누런 기름 덩어리로 가득 찼다. 껍질과 지방이 홀라당 벗겨진 닭과 향긋한 당귀와 대추, 냉장고에 굴러다니는 양파, 당근, 무를 큼직하게 토막 내어 함께 푹 삶았다. 닭죽에는 마늘과 인삼이 들어가야 제맛인데 오늘은 엄마 때문에 생략했다. 불려 놓은 찹쌀과

껍질 깐 노란 녹두를 닭 삶은 물에 넣어 죽을 완성했다. 아침부터 집 안에는 구수한 냄새가 진동을 했다.

나는 엄마한테 마지막이 될지도 모르는 닭 한 마리를 푹 고아냈다. 구수한 냄새를 맡으며 엎치락뒤치락했던 엄마의 인생을 떠올리자 눈물이 흘렀다.

삶이란 이런 것일까?

먼 훗날, 내 딸도 엄마의 밥상을 마지막으로 차리면서 이런 눈물을 흘리겠지.

## # 그렇게…… 엄마를 보내고

새벽 4시 35분. 엄마의 사망 선언을 했다.

지난 목요일, 임종실로 모셨을 때부터 각오는 단단히 하고 있었다. 하지만 막상 그 순간이 다가오자 두려웠다.

"과장님, 어머님께서 호흡이 방금 멈추신 것 같아요."

간호사의 다급한 목소리였다. 빨리 병원으로 가야 했다. 다행히 새벽 시간이라 차가 밀리지 않아 20분 만에 도착했다. 밤새 엄마를 지킨 남동생의 얼굴이 그리 힘들어 보이지 않아서 일단은 안심이었다.

우리는 처음으로 엄마가 누워 있는 침대 옆에 나란히 앉았다.

"누나, 엄마가 돌아가신 분 같지가 않아. 그저 주무시는 것 같지? 아직 따뜻해서 금방이라도 눈을 뜨실 것 같기도 하고. 하여튼 누나 고마워. 엄마를 편안하게 해 주어서."

"그러게. 참 편안해 보이네."

어느새 우리 둘은 병실에서 다른 환자들의 보호자들이 했던 말을 그대로 하고 있었다. 서로를 통해 서로 위로받을 수 있어서 좋다. 평화로운 엄마의 마지막 모습처럼 두려웠던 마음이 문득, 편안해졌다.

말기 암 환자가 되면 환자와 가족은 육체와 정신적으로 이제까지는 경험하지 못한 일을 경험하게 된다. 가족 간의 갈등이 있었다면, 분명히 그 갈등은 확대된다. 문제의 중심은 늘 '사랑과 돈'이다. 거기에 종교적인 문제가 곁들여지면 사태는 더욱 심각해진다.

내 경우도 마찬가지였다. 엄마의 폐암이 뼈로 전이되었다. 머리뼈부터 골반뼈까지 빼꼭하게 전이되었지만, 엄마는 호스피스 병동에 입원하는 것을 거부했다. 딸이 호스피스 의사임에도 불구하고. 결국 우여곡절 끝에 입원을 했다. 나는 한순간에 호스피스 돌봄을 제공하는 사람에서 호스피스 돌봄을 받는 사람으로 바뀌었다.

죽음을 앞둔 다른 가족이 그랬던 것처럼 우리도 '엄마의 죽어감' 속에서 숨겨진 갈등을 서서히 녹이기 시작했다. 종기는 곪아서 터져야 낫지 않는다던가. 가족 간에 목소리를 높이기도 했고, 서로에게 상처를 주는 말을 하면서 펑펑 울기도 했다. 그리고…… 엄마는 떠나갔다.


# 그날 이 후

"김 과장, 표정 관리해야 하는 거 아니었어?"

안과의 윤 선생님이 조심스럽게 말을 걸어왔다. 얼마 전, 엄마 장례식에 조문 왔을 때 이야기였다. 장례식장에서 엄마를 떠나보내는 우리 가족의 분위기가 여느 장례식장의 그것과는 사뭇 달랐다는 것이다. 그 말에 나는 좀 멋쩍었다.

"왜요?"

"뭐라 꼬집어 말할 수는 없지만, 이제까지 내가 가본 상갓집의 분위기와는 좀 달라서……. 그래서 이렇게 생각했지. 김 선생은 죽음을 많이 봐서 단련되어서 그럴 수도 있겠다. 하지만 김 선생 어머님이 돌아가신 거잖아?"

우리가 그랬나? 윤 선생님은 내 대학교 선배이자, 남편의 고등학교 선배이다. 그래서 그런지 평소 따뜻하고 배려 있는 말을 서슴없이 해준다. 그런 그에게 무슨 적당한 변명이라도 해야 할 것 같았다. 마침 퇴근 시간도 되고 해서 자판기 커피 한 잔을 빼들고 윤 선생님을 붙잡았다.

나도 한때 그처럼 의아해한 적이 있었다. 그래서 호준 씨 이야기를 꺼냈다. 40대 중반의 비쩍 마른 호준 씨는 정확하게 47일을 우리 병동에서 같이 지냈다. 전직 교장 선생님이었던 그의 아버지는 말기 후두암이었다. 남에게 절대로 당신을 맡기지 말라고 했던 깐깐한 아버지의 유언대로 호준 씨는 마지막 날까지 남의 도움 없이 직접 아버지를 돌봤다. 그러느라 벌써 두 달이나 휴직을 했다. 나는 아버지를 애틋하게 보내는 호준 씨가 내심 걱정이었다. 하지만, 문상을 가보니 예상과는 달리 누구보다 활짝 웃으면서 조문객을 맞이했다. 쓸데없는 걱정이었다.

우리 가족도 호준 씨와 비슷했다. 상실의 슬픔을 극복하기 위해서는 과정이 필요하다. 그것은 죽음이라는 마침표를 찍는 순간부터가 아니라, 살아 있을 때부터 해야 한다. 호스피스 돌봄을 받은 가족은 그런 과정이 입원과 동시에 시작되기 때문에 착잡한 심정에서 회복되는 속도가 빠른 것이다.

37살의 꽃 같은 아들을 떠나보내는 어머니가 있었다. 그녀는 조문 온 아들의 친구에게 오열을 토하는 대신 "아들 몫까지 건강하게 살아달라."라고 말하면서 따뜻한 국밥을 권했다. 죽음을 초월한 듯한 마음의 평안은 그냥 얻어지는 것이 아니다. 처음 그녀가 생판 모르는 내 손을 붙잡고, 병원 복도에서 피눈물을 흘리던 것을 생생히 기억한다. "이 세상에서 나보다 더 답답한 사람 있으면 나와보시오!" 이렇게 모든 고통을 다 겪었기 때문에 난생 처음 맞이하는 가족의 죽음 앞에서도 담담해 보일 수 있는 것이다.


엄마가 마지막으로 임종실에 누워 있을 때 들려오던 처량한 만돌린 소리가 지금도 귓가에 들리는 듯하다. 그때 서울 사는 언니가 내려왔고, 사우디에 출장 가 있던 제부가 동생과 함께 허겁지겁 도착했다. 남동생도 며칠 밤을 새면서 엄마를 지켰다. 불 주사를 맞기로 한 어린아이처럼 잔뜩 겁에 질린 채로 시작한 엄마의 죽음이 여유로워졌다. 엄마가 떠난 다음 그동안 내가 받았던 인사를 호스피스 식구들에게 건넸다.

"고마워요. 여러분이 없었더라면 정말 힘들었을 겁니다. 고맙습니다."

나에겐 감당하기 어려운 일이었다. 엄마를 임종실에 눕혀 두고 아무렇지도 않은 듯이 진료를 해야만 했으니 말이다. 가족을 내 손으로 직접 떠나보내는 것은 수많은 환자를 보내는 것과는 달랐다. 왜냐면 엄마의 인생을 속속들이 알고 있었기 때문이다. 좋아하는 것 한 번 못해보고 아끼기만 한 엄마였는데……. 마지막에는 어리석게도 나쁜 사람들한테 많은 돈을 사기당하기도 했고, 잘 살아보겠다고 종교까지 바꾸었는데…….

나에게도 언젠가는 긴 꿈에서 깨어나듯이 죽음이 순식간에 밀려올 것이다.

아! 이것이 운명이다! 싶으면 이미 늦는다. 인생의 마지막에는 벼락치기 공부가 통하지 않는다. 마음의 눈으로만 보이는 우리의 마지막이 빛나기 위해서는 조금이라도 더 건강한 오늘 내가 바뀌어야 했다. 엄마가 걸어갔던 삶의 끝자락을 통해서, 나의 눈부신 마지막도 지금 준비해야 한다는 것을 알았다.

'죽음'은 한순간이다. 경험상, 그리 어려운 것은 아니었다.

오히려 모든 것을 내려놓는 그 순간은 평화로워 보인다. 그러나 사람들은 죽음에 이르기 직전까지의 과정, 즉 '죽어감'을 매우 힘들어한다. '죽어감'은 녹이는 과정이다. 환자는 그 힘든 일을 혼자서 할 수 없다. 남겨진 사람들이 환자와 같이 잘 녹여야 한다. '팬티 한 장도 가져갈 수 없음'을 제대로 안다면 돈에 대한 집착에서 어느 정도 풀려날 것이며, '누구나 마지막에는 혼자 간다'는 것을 안다면 사랑에 대한 집착도 적당한 위로가 될 수 있을 것이다.

'죽어감'은 죽음의 일부가 아니라 명백한 삶의 마지막 부분이다. 그래서 꼭 필요한 과정이다. 호스피스에서처럼 죽어감의 과정을 죽음 앞에서 겪을 수 있는 인생은 그나마 나은 편이다. 죽어감의 과정 없이 갑자기 찾아온 죽음인 경우라면 죽음 이후에 그 과정을 주워 담아야 한다. 그러면 시간도 많이 걸릴 뿐만 아니라 온전한 죽어감의 과정이라 할 수도 없다. 그러나 문제는 누구도 자신의 마지막을 선택할 수 없다는 데에 있다. 호스피스 의사인 나조차도 죽어감이 없이 죽는 운명에 처할 수 있다.

그러므로 우리는 오늘의 살아감 속에 죽어감을 조금씩 섞어서 살아가야만 한다.

월몰Moonset. 2015. digital painting. 300×425mm

인생은 큰 꿈속에서 작은 꿈을 꾸는 것……


호스피스 병동은 그 거대한 꿈에서 깨어나는 곳이다.
당신을 뒤흔드는 마지막 지점의 삶은
살면서 어떤 경험을 하느냐에 따라 분명히 달라진다.
그동안 세상의 기대에 맞춰 사느라고 힘들었다면
이제는 벗어나라.


지금이 당신의 남은 인생에서 가장 젊을 때이자
가장 건강한 때이다.
주저하지 말고 당신만의 작고 신선한 꿈을
시작해야 한다.

나보다
당신이 먼저
행복하기를

내셔널지오그래픽 채널에서 '멘토를 찾아서'라는 다큐멘터리를 만들기 위해 나를 찾아 왔다. 공과대학을 다니는 한 여대생이 선정해둔 멘토들을 찾아다니는 방식이었다.

내 전공은 가정의학이고, 그중에서도 말기 암을 돌보는 호스피스를 한다. 그런데 외부 강연을 하거나 누군가를 새로 소개받을 때 가장 많이 받는 질문은 가정의학이나 호스피스에 관한 것이 아니라, 나란 사람에 관한 것이다. 내 이력을 아는 사람이면 대부분 다 묻는다. 어떻게 가정주부로 13년을 살다가 다시 의사가 됐으며, 왜 하필이면 죽음을 돌보는 호스피스를 하느냐고. 인터뷰를 맡은 여대생도 예외는 아니었다.

그녀는 나를 촬영하기 전에 외교부에서 근무하다가 조그마한 일식집 우동 가게를 차린 식당 주인을 먼저 만났다. 우동 가게 주인이나 나처럼 하고 싶은 일을 뒤늦게라도 꼭 해내는 멘토들을 보니 젊은이들 못지않은 열정이 느껴졌고 몹시 행복해 보였단다. 그러고는 조심스럽게 처음부터 차라리 하고 싶은 일을 하는 것은 어떠냐고 물어왔다.

나는 아직도 내가 하고 싶은 일보다는 해야 하는 일을 하고 있다고 고백했다. 그리고 그 이유를 말하는 대신 내 가슴을 움직였던 몇 가지 사연을 들려줬다.

*

순희 할머니의 아들은 무늬만 보호자였다. 할머니가 입원하고 한 번도 찾아오지 않다가 임종 순간이 되자 밀어닥쳐서 환자 상태를 불쑥 물어왔다. 어디서부터 설명하란 말인가?

임종실에서도 링거를 빼라, 호흡기를 떼라, 어떤 약도 쓰지 말라는 등 주문이 많았다. 호스피스 간호사들은 인위적인 생명 연장이 얼마나 무의미한 일인지에 대해 장황한 설명도 들어야 했다. 우리가 바로 그것만 하는 전문가인데도 불구하고 말이다.

아들은 지난 한 달여 동안 순희 할머니한테서 무슨 일이 벌어지고 있었는지 다른 가족들에게 도통 듣지 못했음이 분명했다. 나는 내키지는 않았지만, 생명이 다하는 순간에도 통증이 있을 수 있으니 치료는 해야 한다는 말을 하기 위해서 다시 임종실로 갔다. 다행히 순희 할머니는 통증이 없었다. 하지만 호흡은 얕았다. 순희 할머니의 아들은 어머니를 썰렁한 임종실에 홀로 두고, 바로 옆방에서 노트북을 들여다보면서 무언가 열심히 하고 있었다.

환자는 말이 없었지만, 나는 말해야만 했다.

"지금 이 순간에는 어머니를 보고 있어야 하지 않을까요?"

*

혜숙 할머니는 배가 남산만큼 불룩해진 대장암 환자였다. 혜숙 할머니의 딸은 환자복도 입을 수 없을 정도로 불러온 엄마의 배를 물끄러미 쳐다봤다. 그녀는 요즘 젊은 사람처럼 야무지게 "어머니가 왜 이러실까요. 더 해드릴 것이 없나요?"라고 물어오지도 않았다. 그저 멍하게 눈으로는 혜숙 할머니를 바라보면서 손으로는 칭얼거리는 어린 딸과 아들에게 초코파이를 건성으로 뜯어 먹였다. 그 옆에는 말쑥하게 차려 입은 혜숙 할머니의 며느리가 돌이 갓 지나 보이는 딸아이를 안고 있었다. 그녀는 나를 보자마자 잘 만났다는 듯이 혜숙 할머니의 복수를 뺀 자리에서 스며 나온 축축한 소독 가제를 손으로 가리키며 꼬치꼬치 따지듯 물었다.

나는 칭얼거리는 아이 셋을 데리고 호스피스 상담을 할 자신이 없었다. 하는 수 없이 혜숙 할머니의 며느리와 자원 봉사자에게 아이들을 잠깐 맡긴 뒤, 딸을 데리고 진료실로 갔다.

상담을 마치고 입원실로 가보니 난장판이었다. 혜숙 할머니의 외손녀는 자원 봉사자와 함께 과자를 사러 갔고, 외손자는 눈물범벅이 되어 끈적끈적해진 초코파이를 얼굴과 머리카락에 덕지덕지 바르고 있었다. 그런데 그 와중에 혜숙 할머니의 며느리는 자기 딸에게 집에서 준비해온 이유식 도시락을 먹이고 있었다.

*

영자 할머니는 30년 전 아이 셋을 남편에게 맡겨두고 매몰차게 이혼했다. 자궁암이 전신으로 퍼져 죽을 때가 되자, 친정 식구들이 호스피스로 데려왔다. 30년 만에 만난 전남편에게 "예전에는 참 친한 사람이었던 것 같은데, 이제는 가물가물하네요."라고 말하기도 했다. 외로운 영자 할머니의 마지막에 젊은 남자가 말없이 찾아왔다. 아들이었다. 어머니는 창밖을, 아들은 어머니를 바라봤다. 정확한 사연을 알 수는 없었지만 서로 데면데면했다.

내가 불편한 말을 먼저 꺼냈다.

"자식을 두고 떠나신 어머니한테 섭섭하지는 않았나요?"

"사실 너무 어릴 때라 어머니 얼굴도 기억이 잘 안 나요. 아버지와 어머니는 30년 만에 죽음 앞에서 화해를 하셨지만, 저는 속으로 그랬어요. 이왕 하실 거면 좀 일찍 하시던지. 중간에 낀 우리가 얼마나 힘들었는지 아시기는 하시는지……. 아버님은 재혼을 하셨거든요."

"그랬군요. 그래도 별 수 있나요? 부모님은 우리가 선택할 수 있는 것이 아니잖아요." 나는 부처님 가운데 토막 같은 이야기를 하고 말았다. 내가 그랬다면 이런 자리에 담담하게 찾아올 자신도 없었을 텐데…….

"어찌 됐든 보기가 좋네요."

"아, 이렇게라도 어머니를 찾아온 거요? 그래도 제 목숨 값은 해야죠."

그날 밤, 영자 할머니의 아들은 머리가 하얗게 센 외삼촌과 함께 어머니를 환히 떠나보냈다.

살다 보면 마음 내키지 않는 일을 해야 할 때가 있다. 하고 싶은 일만 해도 짧은 인생인데 굳이 하고 싶지 않은 일을 하면 큰 손해를 볼 것만 같다. 젊은 시절에는 내가 진정으로 하고 싶은 일이 뭔지도 모를 때가 많다는 것을 기억하라. 그러나 매 순간 저마다 해야 할 일은 누구나 알고 있다. 해야 할 일을 하다 보면 진짜 하고 싶은 일이 훤히 보이고 그때 용기 내어 그 일을 하면 진정한 행복에 도달할 것이다.

인생은 생각보다 길기도, 또 속절없이 짧기도 하다. 그러기에 진정으로 '하고 싶은 일'을 실수 없이 하려면 마음에 내키지 않더라도 '해야 하는 일'을 먼저 하면서 견뎌보는 것쯤은 각오해야 한다.

인터뷰를 마친 여대생은 우여곡절 끝에 의사가 된 내가 아직도 하고 싶은 일을 못하고 있다는 것에 놀랐다. 그리고 하고 싶은 일을 하라는 일반적인 충고와는 거꾸로 말하는 내 이야기가 혼란스럽다고도 했다. 그녀에게 내 생각을 강요할 수는 없을 것이다. 다만 그녀가 환자들의 이야기를 통해서 자신이 행복해지는 일보다 남이 행복해지는 일을 먼저 하는 것이 한 수 위의 삶을 사는 것이라는 것을 눈치챘길 바란다.

그날 이후의
삶을 위한
감정 정리법

"500만 원"이라는 말을 들었을 때부터 이거 사건
되겠다 싶었다. 아버지 통장에 남겨진 50만 원 때문에 피를 나
눈 형제들이 칼부림을 하는 세상인데, 일남 할아버지가 남긴 돈
은 그 열 배인 500만 원이었다.


독거노인 일남 할아버지가 폐암으로 위독해졌다. 가만히
앉아만 있어도 숨이 찰 지경이 되자 119에 실려 응급실로 왔다.

나는 그를 호스피스 병동이 아닌 본관 4층으로 입원시켰다. 의료원에서 저소득층을 위해 무료로 간병을 해주는 곳이 있는데 일남 할아버지한테는 호스피스보다는 간병이 해결되는 그곳이 안성맞춤이었다. 60대쯤 되어 보이는 사촌 동생이 할아버지를 찾아오는 유일한 친척이었다. 그는 무뚝뚝한 일남 할아버지한테는 가족이 아무도 없다고 했다. 그런데 일남 할아버지와 한동네에 살았다며 병문안을 온 한 아주머니는 다른 말을 했다. 일남 할아버지는 오래전에 이혼을 했고, 전처와 아들이 대구에 살고 있다는 것이다. 나는 아주머니한테 혹시 연락이 되면 할아버지가 위독하니 꼭 한 번이라도 와달라는 말을 전해달라고 신신당부했다. 2주쯤 지나서 진료실에 찾아온 아주머니는 일남 할아버지의 소식을 전하려다 오히려 전처에게 호된 욕을 얻어먹었다고 시큰둥했다.

의학적인 내용은 아니었지만 나는 이러한 사실을 경과 기록지에 꼼꼼히 써 두었다. 행여 나중에라도 일남 할아버지의 피붙이가 찾아와서 왜 연락을 하지 않았냐고 따질 수 있기 때문이었다.

일남 할아버지는 아들이 보고 싶지 않느냐는 질문에 씁쓸한 미소를 지으면서 아니라고만 대답했다. 나는 그 말을 곧이곧대로 쓸 수는 없었다. 일남 할아버지는 막무가내로 옆 침상에 있는 환자에게 욕설을 퍼붓다가도 초콜릿을 한 봉지씩 호주머니에 넣어주는 따뜻한 면이 있었다. 회진 갈 때마다 달콤한 빵을 한 개씩 챙겨주는 손길에서 '아들을 좀 찾아줘.'라는 말이 묻어오는 것도 같았다.

나는 망설임 끝에 '환자는 아들을 보고 싶어 한다.'라고 그의 속마음을 경과 기록지에 썼다. 일남 할아버지가 쓸쓸하게 떠난 뒤, 늙은 사촌 동생이 화장을 해야 한다며 사망 진단서를 떼러 왔다. 아마 그가 일남 할아버지의 입원에서 장례까지 도맡아 한 것임에 분명했다.

그런데 6개월 뒤에 할아버지의 전처와 아들이 음료수 한 통을 사들고 나를 찾아왔다. 일남 할아버지한테는 풀빵 장사를 하던 작은 가게 터가 있었는데, 전처와 아들이 할아버지의 사촌 동생이 마음대로 처분해서 꿀꺽했다는 것을 할아버지가 떠난 뒤에 뒤늦게 알고는 경찰서에 사건을 접수했다. 경찰이 와서 일남 할아버지의 일을 소상히 묻고 갔다. 나는 누가 옳은 일을 하고 있는지는 몰랐지만, 일남 할아버지가 아무 말 없이 남긴 그 500만 원 때문에 살아계실 때보다 돌아가신 후에 방문객이 더 많게 됐다는 것은 알게 됐다.

일남 할아버지에 비하면 주찬 할아버지의 인생 마무리는

깔끔한 것처럼 보였다. 전직 세무 공무원이었던 탓인지는 모르지만, 말기 췌장암이라는 것을 알고 나서 사후의 일들을 매우 꼼꼼하게 처리했다. 적극적인 치료보다는 편안한 호스피스, 완화 의료를 선택했고 유산도 아들과 딸에게 나누어주었다. 기력이 더 떨어지기 전에 할머니하고 맛있게 먹었던 순두부찌개 식당을 마지막으로 다시 가보기도 했다. 서류로는 너무도 완벽해서 분쟁의 여지가 없어 보였다. 웰다잉(well dying)의 필수 조건인 '사전 의료 지시서와 유언 남기기'의 확실한 본보기였다.

그러나 자식들에게 재산을 나누어준 다음부터 딸은 병원에 발길을 끊었다. 자주 들러서 아버지를 돌봐주던 착한 딸이었는데, 병원에 오지 않는 오빠에 비해 자신에게 남겨진 유산이 초라하자 마음이 변한 것이다. 주찬 할아버지의 임종이 다가와 호흡이 가빠왔을 때 할머니와 딸은 할아버지가 자신들에게 알려주지 않은 금고 번호를 소리 높여 물었다.

"아버지, 비밀번호가 뭐예요?"

"여보, 몇 번이오?"

병실에 있었던 사람들은 그 쓸쓸한 소리를 함께 들었다.

주찬이 할아버지의 임종실에는 상속을 넉넉하게 받은 할아버지의 아들과 생뚱맞게도 고급 등산화를 신은 며느리가 서 있었다.

이런 비극적인 이야기들을 주절주절 늘어놓는 것은 "내가 호스피스 의사를 해보니까 사전 의료 지시서나 유언은 문서로 남기는 것이 좋겠다."라는 말을 하기 위해서가 결코 아니다.

유명한 모 기업인도 생전에 변호사를 통해서 얼마나 인생 정리를 잘 했을까? 그러나 그가 떠난 후에 자식들의 재산 싸움과 감정 대립은 제사까지 따로 지낼 정도라고 한다. 살면서 서로에게 느끼는 감정을 세심하게 이해하지 못하고 정리한 서류상의 마무리는 남은 사람들에게 원망과 아쉬움만 남긴다.

유언을 작성하지 않은 일남 할아버지와 유언을 잘 작성한 주찬이 할아버지의 마지막은 겉으로 보이는 법적인 문제는 달라 보이나 사람의 마음을 상하게 하는 것은 비슷했다. 내가 떠난 50년 후, 내가 뿌린 씨앗 때문에 작은 전쟁이 일어난다면 그처럼 비극적인 일이 또 있을까? 그러므로 남은 사람들이 평화롭게 지낼 수 있도록 배려하는 마음을 담은 유언이 필요하다.


모든 것은 지나간다고 했지만 시간은 그저 흐를 뿐이다. 시간은 다만 자신의 과오가 무엇이었는지를 알게 해주는 창문 이상의 역할은 하지 못한다. 감정을 정리해주는 일은 살아 있을 때여야만 제대로 할 수 있다. 살아오면서 불편했던 마음들이 마지막이 되면 달라지지 않을까 막연히 상상하지만, 마지막에는 떠날 채비를 하느라 바빠서 그럴 여유가 없다. 사랑과 배려를 바탕으로 하는 감정의 정리는 인생의 막바지에 이르면 기력이 떨어져서 오히려 힘이 든다.

앞만 보면서 살아가고 있는 우리는 '나의 마지막과 그날 이후의 삶들'이 어떨지 한 번쯤 진지하게 생각해보아야 한다. 세대로 이어지는 관계와 인연이 우리의 삶을 지탱해주는 숨은 힘임을 안다면 어렵기만 한 감정 정리에도 새로운 방법이 보일 것이다.

새벽녘Dawning. 2015. digital painting. 296×420mm

살다 보면 마음 내키지 않는 일을

해야 할 때가 있다.

하고 싶은 일만 해도 짧은 인생인데

굳이 하고 싶지 않은 일을 하면

큰 손해를 볼 것만 같다.


젊은 시절에는 내가 진정으로 하고 싶은 일이

뭔지도 모를 때가 많다는 것을 기억하라.

그러나 매 순간 저마다 해야 할 일은

누구나 알고 있다.


해야 할 일을 하다 보면

진짜 하고 싶은 일이 훤히 보이고

그때 용기 내어 그 일을 하면

진정한 행복에 도달할 것이다.

# 4.

안타깝지만,
이 또한
인생이다

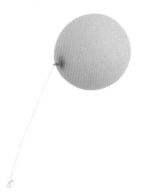

삶의 마지막에
누릴 수 있는
축복

그 일은 우연히 시작되었다. 위암 환자였던 김윤섭 할아버지는 내과에서 호스피스 병동으로 왔고, 전립선암 환자였던 이길용 아저씨는 비뇨기과에서 호스피스 병동으로 왔다. 동시에 온 두 사람은 302호 같은 병실에 나란히 눕게 되었다. (호스피스 병동은 말기 암 환자들이 입원하는 곳이라서 각 과에서 전과되거나 대학병원에서 전원되어 오는 경우가 흔하다.)

윤섭 할아버지는 전직 고등학교 선생님이다. 애꿎게도 중년기에 시각장애인이 되었다. 그러나 그의 진짜 인생은 그때부터였다. 지팡이를 짚고 전국을 누비면서 장애인의 '희망 신협'을 만들었고, 무료 개안 수술도 추진했다. 그의 활약은 알 만한 사람이면 다 알았다. 나는 하루아침에 할아버지의 팬이 되어버렸다. 회진 왔다고 알리고자 두 손을 곱게 잡으면 기다렸다는 듯이 손 마사지를 해주었다. 잘 먹지 못해서 힘도 없을 텐데, 능숙하게 주무르는 솜씨가 시원하기까지 했다. 모든 사람에게 그렇게 대하니 병동 식구들은 그를 '천사'라고 불렀다.

길용 아저씨에겐 피붙이가 없었다. 마지막 순간에 누군가는 있어야 하겠기에 가장 친한 사람을 알려달라고 했다. 적어준 전화번호로 연락을 했더니 한 여인이 모르는 사람이라고 고래고래 고함을 질러댔다. 다음 날, 친구라고 찾아온 삐쩍 마른 사람도 하는 말마다 몽땅 거짓말이었다. 어쩐 일인지 형사 2명도 찾아와서 그의 상태에 대해 꼬치꼬치 캐묻고 돌아갔다. 하여간 길용 아저씨가 오고 나서부터 하루도 편안한 날이 없었다. 수중에 한 푼도 없어서 의료비와 간병비 후원자도 찾아야 했고, 처음엔 통증이 잘 조절되는가 싶더니 어느 순간부턴 부쩍 통증 주사를 많이 요구했다.

그래도 운은 있었다. 퉁퉁한 아주머니 한 분이 길용 아저씨의 초등학교 동창이라고 하면서 병문안을 온 것이다. 진실을 말해줄 것 같아 다짜고짜 붙잡고 물었다. 나는 그제야 길용 아저씨에 대해 제대로 들을 수 있었다.

길용 아저씨는 부잣집 맏아들로 태어나 대학까지 잘 나왔다. 하지만 그 후 하는 사업마다 망하고, 마약까지 손을 대어 얼마 전까지도 감옥에 있었다. 맙소사, 마약사범에게는 일반인과는 다르게 암성 통증 관리(주사용 모르핀은 될 수 있는 한 쓰지 말고, 즉각적인 효과는 없지만 오래 작용하는 마약성 진통제를 써야 한다.)를 해야 하는데, 그렇게 중요한 사실을 이제 알려주다니.

입원하자마자 아저씨가 알려준 전화번호의 주인은 전 부인이었다. 그녀는 자기더러 입원비를 내라고 할까 봐 길용 아저씨를 모르는 사람이라고 시치미를 뗀 모양이다. 그의 인생이 영화의 한 장면처럼 머릿속에 펼쳐졌다.


61살의 배광환 씨는 K대학 병원에서 말기 대장암을 치료하고 있었다. 그 나이의 환자들이 흔히 그렇듯 그 역시 호스피스 입원을 놓고 고민에 빠졌다. 그는 암을 진단받고 치료하는 지난 2년 동안 '죽음'이라는 말을 한 번도 내비치지 않을 만큼 삶에 대한 의지가 강했다. 그래서 이제는 손쓸 방법이 없으니 호스피스로 가야 한다는 말을 그 누구도 차마 하지 못했다.

그러던 중 원인 불명의 파종성 혈관 내 응고증(광범위하게 모세혈관 내에 소혈전이 발생하는 상태)이라는 심각한 병에 걸렸다. 최소한 6개월은 남았다고 생각했던 그가 사나흘도 못 버틸 정도로 위독해졌다. 일이 이렇게 되자, 배광환 씨는 막무가내로 K대학 병원을 떠나 내가 근무하는 대구 의료원 호스피스로 옮겨달라고 했다.

사실 그의 아들은 처음부터 아버지의 제안을 받아들일 마음이 없었다. K대학 병원 주치의가 환자 상태가 위급해서 전원하자마자 사망하실 것 같다고 했고, 기왕에 병원을 옮기려면 지인이 운영하고 있는 병원으로 옮겨서 장례식장까지 함께 이용하면 좋을 것도 같았다. 나도 어쩔 수 없이 상담하러 온 아들의 말에 동의했다.

임종실을 사용하기 위해서 호스피스 병동으로 오는 것은 의미가 없다. 하지만 생판 모르는 그의 마지막 소원을 들어드리고도 싶었다. 다시 한 번 여쭤보시고 그래도 굳이 오시겠다고 고집하시면 주저 말고 빨리 오시라고 했다. 배광환 씨는 위험했던 주말을 무사히 넘기고 콜록콜록 기침을 하면서 호스피스 병동에 입원했다.

그는 언젠가 TV에 소개되었던 대구 의료원 호스피스가 하도 인상 깊어 마지막은 이곳으로 오리라고 혼자서만 염두에 두고 있었단다. 아들은 아버지가 그런 말씀을 한 것은 처음이라며 깜짝 놀랐다. 하지만 그는 우리의 예상대로 입원 다음 날 임종실로 옮겨 가야만 했다.

"차라리 내가 아팠으면 좋겠어요."라는 동생의 말에 부인은 "아이쿠 큰일 날 소리."라며 함께 울었다. 그녀는 "전에 있던 병원에서는 이제 죽어도 좋으니까 제발 적당한 약을 써서 죽여달라고만 했는데 여기 와서는 그런 소리가 없었어요. 잠깐이었지만 참 고마웠어요."라며 울컥해져 있는 나를 도리어 위로해주기도 했다. 긴 인생에서 불과 사흘이라는 짧은 시간이었지만 그 순간만큼은 이 공간이 필요했던 모양이다. 나는 그들의 등 뒤에 서서 죽음을 앞두고 편안해진 가족들을 물끄러미 바라봤다.

웰다잉(well dying)은 삶의 완성이 아니라 삶의 결과물이다. 누구나 손쉽게 받을 수 있는 선물은 더군다나 아니다. 저마다 주어진 힘든 삶을 잘 살아내야만 누릴 수 있는 삶의 마지막 축복인 것이다.

석양이 붉게 물들 무렵, 느지막이 회진을 마치고 복도 끝에서 그들을 물끄러미 바라보았다. 인생의 시작과 끝을 선택할 수 없는 것이 우리네 삶이라면, 우리는 그 가운데에서 누리고 있는 절대적인 자유를 얼마만큼 예쁘게 잘 쓰고 있을까?

호스피스 병동에서는 그 누구도 환자가 살아온 인생을 함부로 평가하는 일을 해서는 안 된다. 오히려 어떤 인생을 살아왔던 간에 격려해주고 편안하게 품어주는 '어머니' 같은 따뜻함이 필요한 공간이다.

그래도 솔직히 고백하건대, 내심 부러운 인생은 항상 있는 법이다.

불량 유전자로
건강하게
살아가기

1.  소금의 과잉시대, 싱겁게 먹기

2.  채소와 과일을 하루에 5접시(컵)이상 먹기

3.  생선은 주 2회 먹기

4.  칼슘이 첨가된 저지방 우유 마시기(선택)

5.  유기농 살코기 육류와 목초란을 주 1회 먹기(선택)

6.  통곡물(현미, 보리, 통밀, 흑미, 귀리, 기장, 지정 등) 먹기

7.  두부, 청국장 등 콩 먹기

8.  마늘, 파, 양파, 생강, 강황, 후추, 바질, 파슬리 등

양념과 허브를 듬뿍 넣어 요리하기

9. 호두, 아몬드, 캐슈넛, 땅콩 등 견과류와 들깨, 참깨,
   흑임자, 아마씨 등 씨앗류 먹기

10. 목이, 표고, 팽이, 양송이, 느타리 등 버섯 먹기

내가 직접 만든 '암 예방 식생활 십계명'이다. 호스피스 상담을 하러 온 환자와 보호자가 휴대폰으로 이 십계명 포스터를 찍어갈 만큼 인기가 있다. 암 환자의 가족은 암이 전염되고 유전될까 봐 노심초사하기 마련이다. 그런 무서운 암이 식생활 개선만으로 30~40%까지 예방된다고 알려주면 솔깃해한다. 나는 호스피스 의사가 된 뒤 가장 먼저 '암 예방 식생활 십계명'을 만들었고 지금도 엄격히 실천한다. 나 또한 가족 중 두 명이 암 환자였기 때문에 이렇게라도 암을 비껴가고 싶다는 절실함과 함께.

그러나 아찔한 것은 우리는 더 이상 식약동원(食藥同源. 음식과 약은 근원이 같다는 뜻으로 약식동의藥食同義와 같은 의미이다.)이 아닌 세상에 살고 있다는 것이다. 음식으로 못 고치는 병은 의사도 못 고친다며 식약동원을 맹신하는 사람도 있지만 실상은 음식으로 못 고치는 병을 요즘 의사들은 잘도 고친다.

75살 된 할아버지에게 인공 심장을 달아주고, 106살 된 할머니에게 백내장 수술을 하는 세상인 반면에 음식을 아무리 조

심해서 먹어도 암에 걸리고 대통령까지 지낸 사람도 치매 때문에 자식도 몰라보며 죽어간다. 그럼에도 불구하고 우리는 아직도 식약동원에 집착한다. 그래서 우리나라 암 환자들은 먹고 싶은 것을 먹지 못하면서 투병생활을 한다.

미국 MD앤더슨 암 센터의 종신 교수인 김의신 박사는 "한국 사람들은 암 치료 도중 굶어서 죽는다."라고 까지 말한다. 나는 호스피스 병동에서조차 이와 같은 일을 심심찮게 본다.


80살 용수 할아버지는 고기반찬을 무척 좋아했다. 그는 췌장암 진단을 받기 한 달 전까지만 해도 남부럽지 않게 건강했다. 하루 일을 수첩에 빼곡히 메모할 정도로 기억력이 또렷했고, 먼저 떠난 부인 대신 다운증후군 막내아들을 돌봤다. 그러나 그는 암 진단을 받고 평생 즐겨 먹던 고기를 먹을 수 없게 되었다. 딸의 권유로 채식 위주로 건강을 찾아주는 한 치유 센터에 입원했기 때문이었다.

한번은 용수 할아버지의 며느리가 평소 시아버지가 좋아했던 돼지고기 수육을 만들어 왔다. 고기 때문에 암에 걸렸다고만 생각한 큰딸은 김이 모락모락 나는 수육을 용수 할아버지가 보는 앞에서 쓰레기통에 던져버렸다.

멋진 근육질의 60대 남자가 수술조차 불가능한 말기 위암에 걸렸다. 그의 부인은 "이럴 줄 알았으면 뭣 하러 헬스를 30년 씩이나 밤낮으로 했던고."라며 울음을 터트렸다. 나는 그녀의 마음을 십분 이해한다. 나의 엄마도 하루에 3시간은 꼭 걸었고, 누구보다 야채와 과일을 즐겨 드셨다. 특히 라이코펜이 풍부한 붉은 토마토는 하루도 빼놓지 않고 꼬박꼬박 드셨다. 그런데도 폐암에 걸리자 어쩐지 뒤통수를 맞은 기분이었다.

말기 암 환자와 가족들은 한 번쯤은 건강한 식생활을 목숨 걸고 실천해본 적이 있다. 암에 좋다는 무청과 우엉 같은 뿌리 채소를 넣어 달인 야채 스프를 안 마셔본 사람이 없었으며, 검은 콩을 넣은 현미 채식을 안 해본 환자가 없었다. 그렇다고 좋은 식생활 습관을 부정하는 것은 아니다. 앞서 말했듯이 나는 여전히 식생활 십계명을 지킨다.

하지만 호스피스 병동에서는 암 예방 식습관보다 더 중요한 것이 있다. 바로 죽음 앞에서도 흔들리지 않는 삶의 의미를 찾는 것이다. 실제로 가족이나 친척의 병력을 통해 자신의 몸속에도 불량 유전자가 있다는 사실을 알고서 인생을 오로지 건강하게 사는 일에만 집중한 사람은 한 번은 오고야 마는 호스피스 병동을 퍽이나 힘들어했다.

그들은 '암 예방 식생활 십계명'을 잘 지키거나 꾸준히 운동을 해왔기에 죽음의 병이 닥쳤을 때 더 억울하다고 생각한다. 이때의 억울함이 마지막 나날을 더욱 힘들게 만든다.

미영 씨는 55살인 어머니를 대장암으로 떠나보내고 1년 후 다시 폐암에 걸린 아버지를 같은 호스피스 병동에서 떠나보냈다. 하루는 조심스럽게 물었다.

"미영 씨도 암에 걸릴까 봐 겁나지 않으세요?"

하지만 예상 외로 미영 씨는 덤덤했다.

"어머니가 아프실 때는 그런 두려움도 있었어요. 그런데 막상 아버지까지 환갑도 못 채우시고 암에 걸리시니까 오히려 잘 받아들이게 되더라구요. 행복하게 살아가는 것에 관심을 많이 갖기로 했어요. 참, 그래도 남동생한테 담배 끊으라고 잔소리는 좀 했어요."

미영 씨가 식생활 십계명을 알고 있는지는 모르지만, 그녀는 언제라도 병에 걸릴 것 같은 불안감 따위는 잠재울 수 있는 고요함으로 그 계명을 넘어선 계명을 실천하고 있었다.

그렇다. 음식이나 운동으로는 예방이 안 되는 불량 유전자를 가졌다는 것 때문에 미리 절망할 필요는 없다. 대부분의 병은 그 자체가 유전된다기보다는 쉽게 병에 걸릴 수 있는 '체질'이 유전된다. 유전적 잠재성을 물려받는 것이며, 유전적 확실성을 물려받지는 않는다는 것이다. 내 경우만 하더라도 부모님 모두 인슐린 주사를 맞을 정도로 심각한 당뇨병 환자였지만, 내겐 아직 당뇨병은 없다.

물컵의 물을 넘치게 하는 것은 오직 한 방울의 물이다. 병은 취약한 체질에 환경적 요인이 더해져서 발병하므로 한 방울의 물만 조심하면 된다. 결국 폭탄을 터트리는 것도 아주 작은 불씨인 것이다. 운 나쁘게 불량 유전자를 가지고 있다는 것을 알았다면 불량 유전자를 건강하게 채워나가는 일을 할 때도 남들보다 작은 불씨 정도만 조금 더 신경 쓰면 된다.

내가
죽음의 여의사로
살아야 하는
이유

마음먹고 준비한 검정색 원피스가 말썽이었다. 검정색이 세련되고 단정해 보이지만 호스피스 이야기를 하기에는 너무 어둡다는 것이다. 방송국 사람들이 시키는 대로 옷을 세 번이나 갈아입었지만 마뜩잖아 처음의 검정색 원피스에다 파란 스카프를 매는 것으로 마무리가 됐다. 담당 PD는 "시청자들이 부담스러우니까 죽음이라는 단어를 여러 번 사용하지는 마세요."라고 했다.

죽음을 빼면 딱히 할 말도 없는데…… 어쩌다가 나는 옷 입는 것부터 말하는 것까지 사람들에게 불편함을 주는 '죽음'이라는 것과 뒤섞이게 되었을까?

"그때 남편을 큰 병원으로 옮겼더라면 좀 더 살 수 있지 않았을까요? 저는 지금도 그것이 후회스러워요. 그래도 통증 없이 편안히 떠나서 다행이라고는 생각해요."

명호 씨의 부인이 남편이 떠난 한 달쯤 뒤에 찾아와서 이렇게 하소연을 했다. 원망하는 말투는 아니었지만 왠지 섭섭했다.

47살 명호 씨는 호흡 곤란이 심한 말기 폐암 환자였다. 서울의 모 대학 병원에서 올 때부터 양쪽 폐가 다 망가져 물에 푹 잠긴 것처럼 숨이 찼다. 그래도 운이 좋았다. 기침과 호흡 곤란 증세가 차츰 나아져서 가까운 곳에 휠체어를 타고 산책을 다닐 정도가 됐다. 명호 씨는 노래 교실에서 부인의 손을 꼭 잡고 평소에 부르던 '네 박자'를 흥겹게 불렀다. 가족들은 모두 호스피스 병동으로 잘 옮겼다고 하면서 주치의 칭찬을 아끼지 않았다.

명호 씨가 입맛을 되찾자 생선회를 먹고 싶어 했다. 항암 치료 중이거나 백혈구 수치가 떨어진 환자는 날것을 먹으면 세균 감염이 되어 위험하다. 나는 명호 씨의 백혈구 수치가 정상이기 때문에 생선회를 먹어도 된다고 했다. 그런데 명호 씨의 큰누나는 한여름에는 식중독 때문에 위험하니 찬바람이 불면 먹게 하자고 심하게 반대를 했다.

나는 대놓고 "명호 씨는 찬바람 불 때까지 살 수가 없어요." 라고 말할 수는 없었다. 그래도 좋아하는 것을 못 먹게 해서 떠나보내면 명호 씨의 부인이 살면서 두고두고 후회할 것 같아 여러 가지 의학적인 근거를 들어서 "생선회를 꼭 드시게 하라."는 편지를 남기고 퇴근했다.

그렇게 좋은 나날들이 딱 3주였다.

어느 날 명호 씨는 갑작스런 호흡 곤란이 와서 이틀을 못 채우고 황망히 떠났다. 그러나 죽음이란 그림자 앞에서는 호스피스 팀이 만들어준 편안했던 짧은 추억마저도 흔적 없이 사라져버리는 것일까? 명호 씨의 누나들은 주치의를 원망하는 표정이 역력했다.

말기 폐암은 의사도 가장 난감해하는 병이다. 멀쩡하게 밥 잘 먹고 농담까지 하던 환자가 갑자기 숨을 쌕쌕 몰아쉬며 떠나기도 하고, 기침을 하다가 각혈이 시작되면 피범벅을 이루며 숨을 거두기도 한다.

사람들은 밥 잘 먹고 쉽게 대화할 수 있으면 먹지 못하고 의식이 없는 사람보다는 더 오래 살 것이라고 생각한다. 물론 건강할 때는 그렇지만 우리의 마지막은 일반 상식이 통하지 않을 때가 많다. 석 달째 물 한 모금 마시지 못하는 위암 환자가 밥 한 그릇 뚝딱 먹는 폐암 환자보다 더 오래 버틴다. 그래서 나는 명호 씨 같은 폐암 환자가 오면 마지막 상황을 적나라하게 이야기해준다.

"이렇게 잘 지내시다가 내일이라도 갑자기 숨이 차서 떠나실 수도 있어요."

그러나 명호 씨의 가족처럼 아무도 선뜻 이 말을 믿지 않는다. 멀쩡한 사람을 놓고 죽음을 대수롭지 않게 말하는 의사가 잔인하게만 보이는 것이다.

"당신은 의사라는 사람이 뭐하는 거야. 사람이 죽어 가는데 아무것도 하지 않고." "아버님이 이곳에 입원하신 다음부터 더 빨리 나빠지는 것 같아요." "어차피 이곳은 아무것도 안 하는 곳이니까 개똥 쑥이라도 드시게 해야지요." "아무래도 뇌종양은 신경외과에서 잘 보니까 주치의를 바꿔주세요."

이처럼 사랑하는 가족의 죽음이라는 한계 상황은 사람을 걷잡을 수 없이 거칠게도 만들고, 현명한 사람을 안절부절 못하게도 만든다.

그럼에도 불구하고 나는 죽음과 떼려야 뗄 수 없는 관계에 있는 호스피스 의사이다.

죽음을 깊숙하게 연구하고 싶어서라든지 내 성격이 원래 우울해서 호스피스 의사가 된 건 아니다. 나는 호스피스 일을 해오는 동안 '죽음을 준비해야 하는 사람도 죽음에 이르기 직전까지는 살아 있다'는 자명한 사실을 깨달았다. 그래서 그 누구도 아프지 않게 하루를 지내야 한다고 생각했다. 그러고 보면 나는 거창한 죽음의 여의사가 아니라 그저 생명의 에너지가 다할 때까지 불편함 없이 살아갈 수 있게 해주는 의사로서 당연한 일을 하고 있을 뿐이다.

하지만 이름이 주는 거부감 때문에 국내 암 환자의 마약성 진통제 사용률은 그리 높지 않다. 세계보건기구에 따르면, 국내 사용량은 모르핀으로 환산했을 때 환자 1인당 연간 45mg에 불과하다. 미국 693.44mg, 영국 334.52mg은 물론 세계 평균 58.00mg보다도 낮다. 통증을 효과적으로 다스릴 수 있는 방법이 있는데도 안 쓰는 것이다.

아직도 대한민국 사람들은 아프면서 죽어간다.

의사 입장에서 보면 죽음이 삶의 종착역인지 따위는 일단 환자의 통증을 덜어준 다음에 생각할 일이다. 암 환자의 통증은 당사자가 아니면 상상할 수 없을 정도로 심하다. 출산의 고통이 10점 만점에 7~8점이라면 암 환자의 통증은 10점 이상도 간다. 암성 통증은 암이 진행되는 생명의 마지막에는 더 심해지고, 그

끝을 알 수 없기 때문에 환자와 가족을 더더욱 애타게 한다.

1970년대에 위암으로 떠난 외할머니는 너무 아파서 앉은 채로 돌아가셨지만, 2012년에 뼈로 전이된 폐암으로 떠난 엄마는 통증 없이 편안히 누워서 떠나셨다. 현대 의학의 진수는 수명을 늘리거나 사람을 영원히 살리는 것이 아니라 더 이상 아프면서 떠나지 않게 하는 것이다.

그렇지만 슬프게도 나의 환자들은 모두 명호 씨처럼 사망함으로써 퇴원했다. 마지막에 하는 임종 돌봄이라는 것은 남녀노소나 암의 종류와는 상관없이 똑같기 때문에 임종 돌봄과 통증 치료에서 한 걸음 나아가지 못한다면 호스피스 의사는 참 슬픈 직업일 것이다.


혜영 씨는 나보다 두 살 어린 40대 후반이었다. 담도암 때문에 온몸이 노랬고, 달고 있는 하얀 수액제가 보험이 되냐고 묻는 알뜰한 살림꾼이었다. 젊은 나이에 찾아온 자신의 죽음을 두려워하기보다 다리가 불편했던 둘째 딸이 얼마 전에 수술을 성공적으로 마쳤다는 사실에 더 기뻐하는 천상 엄마이기도 했다.

혜영 씨의 남편은 무뚝뚝한 경상도 남자였다. 그래서인지 혜영 씨 부부는 서로의 애틋한 마음을 표현하는 데 서툴렀다. 다른 병원에 있을 때 남편이 호스피스로 옮기자는 이야기를 꺼내자 혜영 씨는 너무 쉽게 포기하는 것이 아닌가 오해를 하기도 했다. 나는 주제넘게 혜영 씨의 남편한테 "여자는 100송이 장미꽃을 1번 선물 받는 것보다 1송이씩 100번의 선물 받는 것을 좋아한다."라는 충고를 해버리고 말았다. 그러던 어느 날 혜영 씨가 가느다란 금반지를 만지작거리며 "우리 그이가 사줬어요."라며 활짝 웃었다.

통증은 감정이다. 모르핀이라는 진통제도 사용해야 하겠지만 환자가 살아온 인생을 죽 듣다 보면 모르핀보다 더 강력한 진통제를 발견할 때도 있다.

시작은 알고 있지만 끝이 어떻게 닫힐지 모르는 인생의 여행길을 걷다가 환자는 나와 우연히 만난다. 처음이자 마지막이다. 나는 수많은 환자와 구구절절했던 추억을 일일이 기억하지 못할 때가 많고, 환자는 다시는 돌아올 수 없는 머나먼 길로 떠나버리기 때문에 슬프게도 아름다운 이 마지막 풍경을 볼 수가 없을 것이다. 그럼에도 불구하고 나는 호스피스 돌봄이 떠나는 자의 편안한 안식과 죽음 뒤에 펼쳐질 가족의 삶 속에 숨겨진 위로가 될 것이 틀림없다고 굳게 믿는다.

이것이 내가 죽음의 의사로 살아갈 수밖에 없는 이유였다.

지평선Horizon. 2013. digital painting. 600×854mm

시작은 알고 있지만 끝이 어떻게 닫힐지 모르는

인생의 여행길을 걷다가 환자는 나와 우연히 만난다.


처음이자 마지막이다.


나는 수많은 환자와 구구절절했던 추억을

일일이 기억하지 못할 때가 많고,

환자는 다시는 돌아올 수 없는

머나먼 길로 떠나버리기 때문에

슬프게도 아름다운 이 마지막 풍경을 볼 수가 없을 것이다.


그럼에도 불구하고 나는

호스피스 돌봄이 떠나는 자의 편안한 안식과

죽음 뒤에 펼쳐질 가족의 삶 속에 숨겨진 위로가 될 것이

틀림없다고 굳게 믿는다.

죽음을
허락하지 않는
사람들

"죽음이 뭐예요?"라는 질문은 언제나 나를 곤혹스
럽게 한다. 호스피스 강의를 마치면 한 번쯤 거쳐야 하는 통과
의례 같은 질문과 마주칠 때마다 나는 한참을 고민한다.

"죽음이란 삶의 일부"라든가, "또 다른 시작"이라든가…….
하지만 사실 어떤 대답도 죽음에 대해서 하는 말은 거짓이다.
나는 죽음을 경험하지 못했기 때문이다.

경북대 대학원 법의학 교실에서는 곧 의사가 될 의전 4학년에게 '사학(死學)' 강의를 한다. 사망 진단서를 작성하는 법을 가르치는 것이 아니라, 종교나 호스피스에서 생각하는 죽음에 대한 이야기를 들려주는 강의이다. 의사는 싫든 좋든 간에 죽음을 마주해야 하는 직업이므로 죽음에 대한 남다른 철학 하나쯤은 가지고 있어야 한다는 취지이다. 그러나 이러한 교육에도 불구하고 민망한 고백이지만, 내가 경험한 의사들은 유달리 죽음에 대해서만큼은 진도가 나가지 않았다.

내과 의사를 딸로 둔 환자가 입원을 했다. 주말에 병문안 온 그녀는 아버지의 차트를 꼼꼼히 체크한 후, 빈혈이 있는데 왜 수혈을 빨리 안 하느냐고 간호사를 다그쳤다. 수혈을 하고 안 하고는 의사의 권한임을 누구보다도 잘 알고 있음에도 불구하고 그녀는 죄 없는 간호사만 닦달했다.

나는 환자의 딸이 다른 사람을 돌보느라 진작 가족이 아플 때는 도움을 주지 못하는, 나와 같은 직업을 가진 의사라는 점을 감안해 점심시간에 짬을 내어 전화를 했다. 통증이 심해서 입원을 하셨고 응급으로 수혈을 할 만큼 심한 빈혈이 아니라서 지켜보고 있는 중이라고 설명했다. 그러나 그녀는 나의 내과적 치료가 부적절했다며 흥분을 감추지 못했다.

또 다른 환자의 아들은 유능한 응급 의학과 의사였다. 원래 응급 의학과 호스피스·완화 의학은 판이하게 다르다. 그래서 나는 그에게 국립암센터에서 발행한 완화 의학에 대한 소책자도 구해다 주고, 호스피스에 대한 깊은 이야기도 해줬다. 환자의 상태는 기적이 일어나지 않는 한 머지않아 사망에 이를 전형적인 호스피스 대상자였지만, 응급 의학과 의사인 아들은 여러 가지 의학적 도움으로 환자의 상태만 좋아지면 세 번째 암 수술을 더 하고 싶어 했다.

그런데 환자의 황달 수치가 갑자기 높아졌다. 암이 간으로 전이됐다. 환자는 간과 십이지장을 연결하는 시술을 하러 대학 병원으로 옮겨졌다. 얼마쯤 있다가 응급 의학과 의사인 아들한테서 다시 전화가 왔다. 환자는 사정이 생겨 내시경으로 담즙을 배출하는 시술을 할 수 없었고, 그동안 뇌졸중이 살짝 와서 아스피린을 드시고 있다고 했다. 없었던 부정맥이 생겼고 여전히 식사는 전혀 못하셨다. 통증이 심해서 응급 의학과에서 흔히 쓰는 데메롤(암성 통증에는 데메롤을 쓰지 않는다. 그 대사산물이 통증을 유발하기 때문이다.)을 쓰고 있다는 장황한 이야기를 했다.

나는 희망적인 말만 하는 그에게 물었다.

"아버님의 마음 상태는 어떠신지요? 죽음을 두려워하고 계시지는 않은지요?"

돌아오는 대답은 간단했다.

"글쎄요."

나는 의미 없음에도 불구하고 끝까지 현대 의학의 치료에 매달리는 환자, 근거 없는 대체 의학에 비현실적인 희망을 걸고 있었던 환자, 그리고 현대 의학을 송두리째 거부한 환자들의 마지막을 모두 돌봤다. 겉으로 나약하게 의사가 시키는 대로 수동적으로 치료받는 것 같은 환자도 대체 의학을 하는 환자와 마찬가지로 실은 목숨을 걸고 치료를 결정한다. 그 반대의 경우도 마찬가지다.

외과 의사인 여동생이 폐렴이 심하게 온 말기 대장암 환자인 오빠를 면회하러 왔다가 복부 CT를 보고 죽음이 이렇게 빨리 온 것에 대해 몹시 의아해하기도 했고, 환자의 아들이 한의사인 경우에는 호스피스에서 한방 항암제로 유명한 넥시아나 산삼 약침을 시술하는 것을 원하기도 했다.

사실 어떤 치료를 했느냐와 별 상관없이 사람들은 한결같이 죽음이란 결과를 가져다준, 그동안의 치료 방법을 뼈저리게 후회했다. 말하자면 못 가본 길에 대한 후회 같은 것이다.

친척 중 한 사람이 항암 치료를 받으며 고생하다가 죽는 것을 본 경험이 있는 사람은 자신이 암에 걸리면 절대로 항암 치료를 받지 않는다. 성실하게 항암 치료를 받다가 죽음에 이른 젊은 남동생이 애처로운 나머지 제수씨한테 민간요법도 한 번 하지 않고 동생을 죽음에 이르게 했다며 남모를 원망을 하는 형도 있었다. 폐암 환자가 수술 덕분에 수명이 연장되었음에도 불구하고 재발 원인이 허술한 수술 때문이라고 집도의를 원망하는가 하면, 암을 진단받은 여자가 5년 동안이나 대체 요법을 하는 요양 병원만 전전하다 집안의 돈을 모두 거덜 낸 뒤에 떠나기도 했다.

생명을 살리는 데 집중하는 치료의학적인 지식을 하루아침에 걷어내기란 정말 힘이 드는 일이다. 나 또한 엄마의 임종 처방을 낼 때 죄책감에 시달리기도 했다.

물론 더 애절하게 사랑해서 그럴 수 있다. 그럼에도 불구하고 내가 이곳에서 그들에게 해 줄 수 있는 유일한 말은 "이제는 그분의 죽음을 허락하세요."라는 서글픈 말뿐이다.

## 사느냐 죽느냐보다
## 중요한 것

생식 요리법을 한 달 정도 배웠다. 강사는 생식 때문에 미국까지 다녀온 유학파다. 불 없이 음식을 만드는 것이 생식이니까, 그녀의 주방에는 가스레인지나 냄비 같은 것은 당연히 없었다. 여러 가지 조리기구로 꽉 채운 우리 집 부엌에 비하면 썰렁할 정도로 단출했다.

생식 요리법은 인류가 불을 사용하면서 진화했다는 학설을 뒤집었다. 질병에 시달리는 것이 화식(火食) 때문이라는 주장도 펼쳤다. 의사로서 이해하기 불편한 이론도 많았지만 생식 요리법 자체는 흥미진진했다. 포화 지방이 높은 생크림 대신 곶감을 넣어 만든 초콜릿무스 케이크를 만들기도 했고, 고구마를 스파게티 면처럼 가늘게 뽑아서 캐슈넛 크림에 버무려 먹기도 했다. 생 아몬드를 물에 푹 불려서 우유처럼 만들기도 했다. 다행히 맛은 비슷했다.

화학적으로는 뭐든 익히면 우선 씹기가 편하다. 덩달아 맛도 좋아지고 생체 내 소화 흡수율도 날것을 먹는 것보다 높아진다. 그러니 같은 양의 고구마를 먹더라도 날것을 먹으면 익혀먹는 것보다 체중은 준다. 잘만 응용하면 비만 치료에는 딱이라는 생각도 들었다. 그래도 모든 먹거리를 생식으로 하는 것은 세균학적인 입장에서는 무리였다.

그러나 젊은 강사는 생식에 집착했다. 부침개 냄새 때문에 명절에는 부모님 댁에도 가지 않는다고 했다. 이쯤 되면 한쪽으로 지나치게 치우친 건강 상식이 따뜻한 인간관계에마저 상처를 주는 위험한 지식이 되어가는 것이다.

건강하게 그리고 오래 사는 것이 성공적인 삶의 전부인가?


2012년 한국인의 평균 수명은 80.8세이다. 이런 추세라면 2031년에는 100세로 늘어난다. 불로장수의 약초를 찾아다녔던

진시황이 지하에서 이 소식을 들었다면 시대를 잘못 타고난 자신의 처지를 한탄했을 법하다. 그러나 우리는 오래 산다는 것이 축복만은 아니라는 것을 이미 알고 있다.

돈 버는 기간보다 안정적인 수입 없이 쓰기만 하는 기간이 훨씬 길어지는 100세 장수는 급증하는 의료비와 생활비 부담으로 노인들의 처진 어깨를 더욱 움츠리게 한다. 유전 장수는 축복이지만 무전 장수는 형벌이 될 수 있다고 하면서 보험 회사는 수많은 연금 보험 상품을 만들어낸다. 장수가 보험을 가입하는 전제 조건이니까 노력만 하면 건강한 100세라는 목표를 이룰 수 있다고 대대적인 홍보도 한다.

보험 회사들이 주장하는 성공적인 삶은 이렇다. 평균 수명 80세를 넘어서 암에도 안 걸리고 또 걸리더라도 의지로 꼭 이겨내야 한다. 물론 당뇨나 고혈압 등의 성인병도 없어야 한다. 노후 자금을 쪼개 연금으로 들어놓으면 돈 걱정도 없다. 이것이 우리의 노력으로 가능하다는 것이다. 이쯤 되면 장수는 우연보다 피나는 노력의 대가임에 틀림이 없다. 그렇지만 그것은 언제까지나 평균적으로 그렇다는 것이다.


나는 호스피스 생활 8년 동안 11살부터 99살까지 다양한 나이에 찾아오는 죽음과 맞닥뜨렸다. 빨리 병들어 죽는 것이 내 삶에 대한 관리 소홀로 생기는 단순한 결과가 아니라는 것을 말해야 할 의무를 느낀다. 잘나가던 55살의 사장님이 혈액암에 걸려서 투병 3년 만에 말기 암 환자가 된 것은 무언가 잘못 산 인생의 결과가 아니었다.

사느냐 죽느냐보다 앞서는 것은 제대로 살아내느냐 아니냐는 것이었다.


이것은 조기 위암에 걸린 남편과 말기 위암에 걸린 아내의 이야기다.

13년 전 아내가 위암 수술을 했다. 다행히 수술이 잘 되어 항암 치료도 하지 않고 완치가 되었다. 젊은 나이에 수술을 했으니 위암에 관한 한 부부는 노이로제에 걸린 것처럼 살았다. 부부는 6개월이 멀다 하고 위장 내시경을 했지만 다행히 별 탈이 없었다. 아내의 위암에 대해서는 마음을 놓아도 될 만큼 세월이 흘렀는데 이번에는 부부가 같이 위암에 걸렸다. 남편은 조기 위암으로 수술을 했고 아내는 지난번 암과는 달리 반지 세포 암이라는 악성 암이 복막까지 번진 상태로 발견이 됐다. 쉰 살도 안 된 아내는 이번에는 정말로 목숨이 위태해졌다. 그런데 임종실에서 아내의 심장이 멈춘 그 순간 남편이 없었다. 그는 대학 병원에서 정기 검진 CT를 촬영하고 있다고 했다.

중병에 걸리면 세상은 내가 없어도 알아서 돌아간다는 소외된 느낌을 받는다. 그런 세상에서 '아웃'당하면 나만 손해 보는 것 같다는 생각이 든다. 한 번뿐인 세상인데 억울하다. 어떤 순간에도 악착같이 삶을 유지해야 한다는 이기적인 생각이 머릿속을 파고든다. 그러나 언제나 슬그머니 찾아오는 죽음의 법칙을 극복하는 유일한 해결책은 인간의 품격을 잃어버리면서까지 건강에 집착하는 노력이 아니다. 오히려 그 노력의 일부를 인간다운 살아감에 투자하는 것이다.

그저 살아 있음에 감사하지 말자. 제대로 살아감이 온전히 내 삶이다.

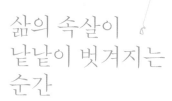

삶의 속살이
낱낱이 벗겨지는
순간

건장한 남매가 폐암에 걸린 아버지를 모시고 찾아
왔다. 환자의 딸은 잠시 망설이는 듯하더니 이내 말을 꺼냈다.

"선생님, 아버지가 식사도 힘드시고 하니 꼭 입원시켜주세
요. 어머니도 아버지 병구완 때문에 많이 지치셨거든요."

딸은 깍듯했다. 하지만 입원 대기자가 있어서 며칠 기다려
야 한다고 말했다. 그녀는 소아마비였던 장애인 아버지를 가진
가족의 어려움을 애써 내비쳤다. 나는 애틋한 마음에 마침 아침

에 돌아가신 환자 때문에 병실이 하나 비어 있어 제안 하나를 했다.

"아버님한테 기침이나 호흡 곤란, 통증 등의 증상은 별로 없어 보이니까 일단 외래 돌봄 침상에서 링거를 맞으면서 지켜보다가 입원을 결정하는 것이 좋겠어요. 물론 입원 대기자가 있어서 순서대로 입원을 해야 하는 규칙이 있지만 외래로 오신 분이 갑자기 힘든 상황이 되면 예외로 먼저 입원할 수가 있거든요. 일단 아버님한테 링거 처방하고 환자가 입원을 원하시는지 또 상태가 어떤지 알아봐야겠어요. 다니시던 병원의 의사 소견서가 없어 진짜 말기 암인지 확실하지는 않네요."

그들은 입원만 결정되면 의사 소견서를 가져다줄 수 있다고 말했다. 말기 암이 확실하다고도 했다. 나는 환자에게 간단한 가슴 엑스레이와 피 검사를 했고 영양제를 처방했다. 하지만 폐 사진도 그렇게 나빠 보이지 않았고 피 검사 결과도 여러 가지가 정상 범위였다.

무엇보다 중요한 것은 환자가 자식들의 뜻과 달리 몇 번을 물어봐도 입원하긴 싫다는 것이었다. 외래 진료를 마칠 시간쯤에 마지막으로 들러서 다시 한 번 물어봐도 그는 집에 가고 싶어 했다. 마침 환자의 아들이 검정 비닐봉지에 만화책을 여러 권 담아서 병실로 들어왔다.

"저기, 아침에 저하고 이야기한 누나는 어디 가셨나요? 아버님이 이렇게 입원을 싫어하시니까 일단은 이렇게 외래로 다니면서 치료하시다가 진짜로 숨이 차고 힘들 때 입원하시면 어떨까 해요. 폐 사진이나 피 검사도 아직은 입원하실 정도는 아닌 것 같구요."

내 말이 끝나자마자 그는 들고 있던 만화책이 담긴 검정 비닐봉지를 바닥에 내동댕이치며 누워 있는 아버지와 나를 향해 상소리를 해댔다.

"에이 씨. 왜 입원 안 하는데! 그리고 아줌마! 왜 아까는 입원 된다고 해놓고 이제는 안 된다고 하는데?"

나는 멱살이라도 잡힐 것 같았다. 내 아들만 한 보호자가 자기 뜻대로 안 된다고 선생님에서 금방 아줌마라고 부르는 모습도 당황스러웠다. 당장 입원하지 않아도 될 정도로 환자의 컨디션이 좋다면 보호자들은 오히려 좋아하는데 그와 같은 반응은 처음이었다. 나는 그나마 아침에 이야기했던 환자의 딸은 이 사태를 좋게 받아들일 것 같은 생각에 마음을 추슬렀다.

다음 날 아침, 나는 장애인 인권보호 협회에서 온 민원 한 통을 받았다.


'장애인이자 폐암 환자인 아버지를 호스피스 병동에 입원시키러 왔다가 입원을 거부당했습니다. 담당 여자 의사가 처음에는 입원이 된다고 했다가 나중에는 무슨 이유인지 안 된다고 하더군요. 저는 그 충격으로 임신 3개월에 핏물까지 비치는 사태까지 발생했습니다.'

어안이 벙벙했다.

인간은 사회적 동물이기에 주변 사람들에게 발생한 일로 힘겨울 수 있다. 나의 의지와는 상관없이 상황이나 시대 또는 국가의 문제 때문에 닥친 일이라면 더욱 억울하고 가슴이 저려온다. 그나마 이때는 주변의 많은 사람이 안타까움을 함께한다.

문제는 나와 전혀 상관없는 일에 억울하게 휘말릴 때다. 아무런 잘못이 없는데 앙심을 품은 사람이 말도 안 되는 이유를 대며 고소하거나 도둑으로 몬다면 어떻겠는가? 아무리 무죄를 주장하고 무고라고 외쳐도 나를 잘 모르는 사람들은 아니 땐 굴뚝에 연기가 날 리 없다며 손가락질을 할 것이다. 결백하다는 사실이 밝혀지면 다행이겠지만 그렇지 않다면 그 답답함은 이루 다 형언할 수 없다. 한 번 거절한 대가치고는 가혹하다.

"엄마가 아무래도 마약 때문에 일찍 사망한 것 같은데요."
"어제는 선생님이 분명히 어머니가 좋아질 거라고 했잖아요."

말기 암을 전문적으로 돌보는 내가 그런 희망적인 말을 했을 리 없고, 마약성 진통제에 대한 오해를 상담 시간에 말하지 않았을 리 없었다. 어떤 직업이든지 애로점은 비슷하지만 지극히 평범한 호스피스 의사인 나는 이런 일이 생길 때마다 당혹감과 억울함을 느낄 수밖에 없었다.

나는 누군가는 꼭 한 번 통과해야 하는 죽음의 공간에서 가끔씩 영혼이 얼얼해지는 느낌을 받곤 한다. 삶의 속살이 낱낱이 벗겨지는 갈등의 한가운데……. 그동안 무심했던 삶의 구체적인 문제들이 죽음 앞에서 그토록 명료하게 드러나는 것을 보면서 내가 삶 속에서 놓치고 살아온 것은 무엇일까 생각한다. 옳고 그른 것을 넘어서 함께 살아가는 법을 씁쓸하게라도 배워야 하는 것이다.

나를
엄마로 만나서
행복했니?

아침 댓바람부터 분희 할머니의 맏며느리 때문에 머리가 홱 돌아버릴 뻔했다.

분희 할머니는 며칠 전 병동에서 편안히 임종했던 환자이다. 할아버지가 분희 할머니를 지극 정성으로 돌본 것이 아직도 눈에 선할 정도였다. 그런데 할머니가 임종하신 지 며칠 뒤 그녀의 맏며느리가 불쑥 찾아와서 다짜고짜 사망 진단서에 적힌 사망 시간을 고쳐달라고 요구했다. 이유를 물으니, 분희 할머니의 손자가 중학생인데 할머니의 사망 시간을 12시간 앞당기면 엉망으로 치른 중간고사 성적을 기말고사로 대치할 수 있기 때문이라고 했다. 나는 법적 효력이 있는 사망 진단서를 고칠 수는 없다고 잘라서 말했다. 아들의 시험 성적을 위해서 시어머니의 사망 시각을 바꿔달라는 부탁 자체도 어불성설이지만 시어머니의 마지막을 돌본 의사에게 이런 무례한 부탁을 하는 것이 어이가 없었다. 그러나 그녀는 꿈쩍도 하지 않았다. 하는 수 없이 나는 분희 할머니의 남편 그러니까 그녀의 시아버지에게 전화를 걸어야 했다.

우리는 분희 할머니의 맏며느리를 능가하는 사모님들을 대중 언론에서 한 번씩 본다.

외국인 학교 부정 입학 사건과 관련된 위장 이혼과 위장 결혼을 한 40대 중반의 '사모님'은 전자 부품 회사를 하는 중견 기업 대표의 부인이었다. 이 사모님은 서류 상 남편과 이혼을 했다. 그 후 에콰도르 국적의 외국인과 위장 결혼을 했는데, 혼인 신고를 하려니까 스페인어가 서툴러서 에콰도르 국적 취득 절차가 뜻대로 진행되지 않았다. 결국 위장 결혼 혼인 신고는 불발에 그쳤다. 하지만 브로커는 외국 국적 동포 국내 거소 신고증을 위조해 전달했고 이를 외국인 학교에 제출해 아이를 입학

시켰다. 이 사모님은 아이가 외국인 학교에 입학하자마자 이혼했던 남편과 다시 재혼을 했다.

의류 회사를 하는 중견기업 대표의 사모님 얘기도 있다. 아이가 셋인데 둘은 원정 출산으로 미국 국적을 취득해 외국인 학교에 아무 문제없이 보냈다. 문제는 셋째 아이였다. 2009년부터 제도가 바뀌어서 외국 국적이 있더라도 부모 중 한쪽은 외국 국적을 소지해야 외국인 학교에 보낼 수 있게 됐다. 사모님은 과테말라 국적을 취득하기 위해 과테말라까지 가서 위조 여권을 받기로 했다. 그런데 브로커가 아이를 보내고자 하는 외국인 학교에서 과테말라 국적이 너무 많아서 더 이상 입학 허가를 받지 못할 것 같다며 온두라스 여권을 위조하기를 권유했다. 그들은 위조된 온두라스 여권을 국제 우편으로 받기로 했고, 우편물이 미국을 거쳐 국내로 배송되던 도중 미국 국토안보부의 검열에 적발돼 우리나라 출입국관리사무소로 통보가 왔다. 이런 일들을 다 겪고도 아이는 돌고 돌아 결국 과테말라에서 받은 위조 여권으로 외국인 학교에 입학했다.


고백하건대 나도 한때는 열혈 엄마였다. 차 안에서 미리 싸 온 도시락을 먹여가면서 아이들을 과외로 닦달했다. 그때는 오직 한 가지 생각뿐이었다. 내 아이들만큼은 나처럼 영어 못하는 사람이 안 됐으면. 나처럼 악기 하나 다룰 줄 모르는 사람으로 살지 않았으면. 이런 엄마의 마음을 너흰 몰라줘도 좋다. 다만 사회에 나가서 자리를 잡고 보란 듯이 잘 살면 된다……. 이런 생각뿐이었다.

하지만 호스피스 의사를 하면서 수많은 부모와 자식의 이별을 옆에서 지켜보았다. 초등학교 때부터 조기 유학을 하고 일찍 성공해서 아주 유명한 부동산 컨설팅 그룹의 임원이 된 아들은 엄마와 같이하지 못한 시간들을 너무도 아쉬워했다. 기러기 아빠로 살다가 아이들을 대학에 보낼 무렵 부인이 유방암으로 죽어가는 가족의 쓸쓸함도 눈여겨봤다. 대기업 임원 자리까지 오르며 승승장구하던 아들이 어머니가 호스피스에 입원할 무렵 회사 일이 잘못돼 감옥에서 수개월을 보내야 하는 일도 생겼다. 그 어머니는 곧 죽을 몸을 이끌고 교도소로 아들을 보러 직접 찾아갔다. 그녀는 아들을 마지막으로 면회하고 와서 오히려 밝은 미소를 지어 보이며 말했다.

"괜찮아. 그 아이한테 고생하고 나오면 더 잘될 거라고 했어."

높은 학벌, 좋은 직장, 사람들의 부러움을 한 몸에 받는 인생……. 하지만 결국 내가 세상을 떠날 때 가슴에 담고 가는 것은 자식이 좋은 대학을 나와 남부럽지 않게 능력 있는 사람으로 살아가는 것이 절대로 아니다.

나는 단지 인생의 마지막에 다다랐을 때 나의 아이들에게 나지막이 물어보고 싶다.

"나를 엄마로 만나서 진정으로 행복했었니?"

우리가 회색으로 만날 때 Fade to gray. 2015. digital painting. 300×425mm

나는 누군가는 꼭 한 번 통과해야 하는 죽음의 공간에서

가끔씩 영혼이 얼얼해지는 느낌을 받곤 한다.

삶의 속살이 낱낱이 벗겨지는 갈등의 한가운데……

그동안 무심했던 삶의 구체적인 문제들이

죽음 앞에서 그토록 명료하게 드러나는 것을 보면서

내가 삶 속에서 놓치고 살아온 것은 무엇일까 생각한다.

옳고 그른 것을 넘어서 함께 살아가는 법을

쓸쓸하게라도 배워야 하는 것이다.

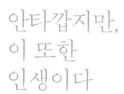

안타깝지만,
이 또한
인생이다

2014년 9월 29일, 나는 직장을 잃었다.

땅거미가 져서 어둑어둑해진 퇴근 무렵, 의료원 측에서 갑작스러운 면직 통보를 해왔기 때문이다. 호스피스 의사를 하기 위해서 가정의학과 전문의가 된 나에게는 파면과도 같은 것이었다. 면직 통보 하루 전날, 의료 과실 등으로 내 병동을 떠난 사람이 허위 사실을 과대 포장시켜 인터넷에 유포시켰다. 안 그래도 부임 초부터 관계가 껄끄러웠던 D의료원 A원장은 그 내용을 빌미로 나를 호스피스 센터장에서 면직을 시켰다.

정신없이 울었다. 8년 가까이 정들었던 병동을 불명예스럽게 떠나야 한다는 것도 힘들었지만, 마치 저승사자처럼 단 한마디 위로의 말도 없이 나쁜 소식을 전달하는 총무팀도 무서웠다. 그들은 왕의 특명을 받아 사약을 가져온 신하처럼 두터운 서류 보관함에서 종이 한 장을 꺼내어 높은 소리로 또박또박 읽었다. 그리고 붉은 도장이 찍혀 있는 면직 서류를 책상에 던져놓고 총총히 사라졌다.

호스피스 병동 폐쇄를 막기 위해 단식하겠다는 환자를 대신해 단식 투쟁까지 한 결과가 이거냐고.

8년 동안 휴가 한 번 안 가고 죽어가는 환자를 돌봐온 결과가 이거냐고.

호스피스 기금 마련을 위해 책의 인세까지 기부한 대가가 이거냐고…….

그러나 나는 외부의 압력으로 호스피스를 그만둘 수밖에 없었던 의사들의 무기력한 전철을 그대로 밟고 있을 뿐이었다. 어두운 방 책장 틈 사이에 쪼그리고 앉아서 숨죽여 흐느꼈다. 명예가 실추되어 자살한 사람들의 심정이 이해가 됐다. 그러나 그때, 쓸쓸히 울고 있는 나를 뜻하지 않게 위로하기 시작한 것은 죽음을 마주하던 순간들에 쓴 나 자신의 글들이었다.

"먼저 죽음을 찾아가지 마세요." "진실은 바닥에 있어요." "인생은 큰 꿈속에 여러 개의 작은 꿈을 꾸는 것입니다. 그 작은 꿈이 악몽이라도 당신의 큰 꿈을 악몽으로 만들지는 마세요." "옳고 그른 것이 중요하지 않아요. 함께 사는 것이 더 중요해요."

죽음에 대한 나의 생각을, 나의 삶을 바꿔준 호스피스.

이곳에서 일하는 동안 느낀 것들을 다른 사람들과 나누고 싶어서 기록하고 메모해왔던 글들이 이제는 나를 향해 말을 건네고 있었다.

무뚝뚝했던 남편은 망가진 나를 보고 눈물을 흘렸다. 고사리 같은 손으로 저금통을 부수어 엄마가 근무하는 호스피스 병동에 피아노를 기증했던 두 아이들은 의젓한 대학생이 되어 뜻밖의 시련에 아파하는 엄마를 포근히 안아주었다. 7년 넘게 호스피스에서 자원봉사를 해온 황 선생은 분노했다. 나의 마지막 환자의 보호자는 임종실에 어머니를 눕혀 놓은 상황에서도 힘내라는 문자를 매일 보내주었다. 남편을 우리 병동에서 떠나보낸 부인은 의료원 홈페이지에 "천사 같은 여의사"라는 글을 얌전하게 올려주기까지 했다.

3월에 사망했던 선희 씨가 차분히 "죽음이 다가오니 사람들이 걸러져요."라고 했던 말이 생각났다. 밑바닥까지 떨어져 보니 나 또한 주위의 사람들이 체에 탁탁 걸러졌다. 위험한 여자라고 말도 섞지 않는 이들에 대한 섭섭함보다는 진정으로 통하는 사람들을 알게 되었다는 행복감이 더 크게 느껴지기 시작했다. 열심히 일을 하다 보면 얼마든지 있을 수 있는 시련이지만, 막상 나에게 다가오니 왜 조용히 나를 위해서만 살지 못했을까라는 당연한 후회도 했다.

그렇지만 따뜻한 위로와 흘러가는 시간이 공포감을 서서히 밀어내기 시작하자, 나는 곧 운이 매우 좋은 사람이라는 것을 깨달았다. 만신창이가 되어 쓰러진 나를 감싸주는 가족이 있고, 힘이 되어준 환자의 보호자들이 있었기 때문이다.

더욱더 운이 좋았던 것은 마지막 9개월 동안 내가 꿈에 그리던 이상적인 호스피스를 만들어봤다는 것이다. 영원한 것은 없는 법이다. 오늘과 내일이 다른 말이 아니라 같은 말인 것처럼 9개월이나 90년은 어쩌면 같은 시간일지도 모르겠다. 호스피스 병동이 생길 때부터 함께한 박 간호사와 자상하게 병동을 관리해준 박 복지사 그리고 환자의 발을 자신의 얼굴보다 더 소중하게 돌봐준 황 봉사자와 함께한 시간들을 아마 평생 잊지 못할 것이다. 덕분에 마지막 9개월 동안은 환자들이 그 어느 때보다 통증 조절이 잘됐다. 그냥 호스피스보다도 최상의 호스피스가 필요했던 젊은 엄마 선희 씨도 그때 입원한 것이 참으로 다행이었다. 이런 억울한 일을 겪었다고 해서 그동안의 일을 후회하거나 앞으로 또 다른 보람 있는 일을 하는 것을 멈추지는 않을 것이다.

안타깝지만, 이 또한 인생이니까.


나는 이제 흰 앞치마를 두른 평범한 두 아이의 엄마로 되돌아왔다.

돌이켜보면 나의 호스피스 활동은 참 좋았다. 세상에서 가장 용기 있는 아이였던 빈이를 만날 수 있었고, 폐암 환자였던 엄마도 안 아프게 떠나보냈다. 물론 슬픈 일도 있기는 했다. 실력 있던 김 간호사가 큰 병에 걸린 일이다. 나는 그녀가 깨끗하게 완치되기를 항상 열심히 기도한다.


8년 동안 정신없이 죽음을 돌보면서 깨달은 것은 후손에게 아름다운 강산과 살기 좋은 나라를 남겨주는 것만큼 좋은 죽음을 남기는 것이 중요하다는 것이다. 왜냐면 나의 사랑하는 아들, 딸도 언젠가는 이 세상을 떠나는 아픔을 겪어야 하기 때문이다. 그것도 내가 없을 때 말이다.

죽음이 익숙한 사람은 삶이 서툴고, 삶이 능숙한 사람은 죽음의 진도가 더디게 나갔다. 그러니 어느 것 하나 소홀히 하지 말아야 한다. 나는 인생의 10퍼센트를 죽음의 병동에서 만족스럽게 보냈다. 이만하면 됐다.

이 책을 마지막으로 나는 죽음을 떠나서 삶으로 복귀한다.

석양이 아름다운 것처럼

인생도 활기 넘치고 건강할 때보다

인생의 짐을 완성하고 내려놓을 때

가장 아름다워야 한다.

당신은 당신의 인생이 서서히 저물어가고 있을 때

어떤 아름다움을 뿜어낼 수 있는가?

# 나에게 쓴 편지

2003년 2월, 전업 주부였던 나는 꿈에 그리던 의사 생활을 시작했다. 39살이었다. 늦은 나이에 일을 다시 시작할 용기를 준 사람은 박완서라는 소설가였다. 안타깝게도 지금은 고인이 된 박완서 선생님을 한 번도 만나본 적은 없다. 그러나 박완서 선생님은 나의 멘토였다. 단지 마흔 살이라는 늦은 나이에 문단에 데뷔했다는 사실만으로도 왠지 모를 친근감이 느껴져서 서재 한구석을 그녀의 책으로 차곡차곡 채워나갔다.

아이를 돌보느라 의사의 꿈을 접고 전업 주부로만 살았던 시절, 그녀는 따뜻한 희망이었다. 꿈을 이루지 못했다는 쓸쓸함이 몰려올 때면 아이들을 재워놓고 밤새 쪼그리고 앉아서 그녀의 책들을 뒤적거렸다. 그러다가 막내가 초등학교 1학년을 무사히 적응할 무렵, 작은 용기를 내어 힘겨운 인턴 수련을 시작했다.

그렇지만 늦깎이로 등단해서 빠른 속도로 자리를 잡은 박완서 선생님과는 달리 나의 의사 생활은 실로 처참했다. 문학이라는 것은 세월의 연륜이 쌓이면 성숙미가 더해져서 빛을 발휘하는 분야이지만, 늦은 나이에 시작하는 의학이라는 학문은 '나이 듦'이 전혀 도움 되지 않았다.

10살이나 어린 동료 의사들보다 기억력은 당연히 떨어졌고, 인턴 성적도 바닥을 쳤다. 성적을 괜찮게 받아야 원하는 전공을 여유롭게 지원할 수가 있는데 낭패였다. 성적을 비관해서 자살하는 아이들의 심정을 조금은 알 것도 같았다. 누구에게도 하소연하기 싫을 만큼 우울했다. 남편이나 아이들이 알까 봐 두려웠다.

뿐만 아니라, 내가 지원했던 의국(醫局)에서는 반대가 심했다. 나중에 들은 이야기지만 나 때문에 의국 회의도 몇 번이나 했다고 했다. 나이가 많은 사람이 아래로 들어오면 허드렛일을 시키기가 부담이 된다는 이야기였다. 성차별이 아니라 나이 차별이었다. 때늦은 의사 생활이 과연 바른 선택이었는지 의심하며 가슴앓이도 했고, 살인적인 당직 스케줄(인턴 때는 72시간 응급실 당직을 선 적도 있다.)로 인해 스트레스성 원형 탈모증에도 시달렸다.

살면서 "넌 뭔가 잘못됐어."라는 내면의 목소리를 그때만큼 자주 들은 적이 없다. 20년 전, 아이를 키운다고 갑자기 직장을 그만둔다고 했을 때도, 뒤늦게 의사 공부를 다시 시작할 때도, 그리고 가정의학과 전문의가 되어서 죽음을 돌보는 호스피스 일을 시작했을 때도 그 소리를 들어야만 했다.

포기하고 싶을 만큼 힘들고 혼란스러웠다. 그런 나에게 마음의 평안과 계속할 수 있는 용기를 준 것은 영국 출신의 작가 콜린 윌슨(Colin Wilson)의 《아웃사이더》라는 책이었다. 그리고 4년 후, 가정의학과 레지던트로 수련 받았던 바로 그 병원의 호스피스 센터장으로 임용됐다.

1954년 크리스마스, 콜린은 돈이 없어서 고향으로 돌아가지도 못하고 런던의 작은 아파트에서 혼자 저녁을 먹고 있었다. 크리스마스에도 가족과 떨어져 혼자 쓸쓸히 저녁을 먹는 자신의 처지를 생각하다가, 갑자기 그동안 읽은 수많은 문학 작품 속의 인물들과 자기가 똑같다는 생각을 했다. 다른 모든 사람들이 즐겁게 지내고 있는 이 세상과 자신은 별개라는 생각, 자신은 세상과 단절되어 동떨어진 외로운 존재라는 생각이 든 것이다. 그는 이런 생각을 그날의 일기장에 기록했고, 1년 뒤,《아웃사이더》라는 책을 냈다.

1956년, 이 책이 출판되자 많은 비평가들은 전기 쇼크를 받은 것처럼 당황했다. 전 세계 매스컴은 콜린의 해박한 지식에 탄복했고 그의 비평 방식에 혀를 내둘렀다. 당시 콜린 윌슨의 나이는 24살이었다. 16살에 학교를 그만둔 뒤 공장 등 여러 직장을 전전하면서 독학으로 공부한 게 다였다. 콜린은 헤밍웨이, 사르트르, 헤세, 로렌스, 고흐, 니체 등의 예를 들며 아웃사이더의 특징을 파헤쳤다. 아웃사이더는 정신병자나 변종이 아니라 낙관적이고 건강한 정신의 소유자보다 민감한 인간, 그러니까 세상의 혼돈과 부조리를 미리 본 사람이라고 했다.《아웃사이더》는 간단한 책은 아니다. 지금도 내용이 어려워서 제대로 이해하고 있는지는 모르겠다. 50대에 20대 청년이 쓴 글도 제대로 이해를 못하다니. 그래도 콜린이 말하려는 것은 대충 이런 것 같다.

'아웃사이더'란 다른 사람 눈에는 안 보이는 세상의 부조리와 혼돈이 보이는 사람이다. 남들에게는 보이지 않는 그 무엇이 보이고 적어도 그런 자기 자신에게 정직하고자 노력하면 살아가는 것이 힘들 수밖에 없다. 일상의 세계가 뭔가 지루하고 불만족스럽다고 느끼는 데 있다는 '통찰'은 인사이더가 아닌 문밖에 있던 아웃사이더의 삶에서 싹튼다는 것이다.

그래서 때로는 나도 세상의 아웃사이더이고 싶었다.


'의사'라는 직업은 혼돈이 보이는 아웃사이더의 눈을 가지고 있어야 했다.

응급실에서 가장 급히 돌봐야 하는 환자는 빨리 치료해주지 않는다고 난동을 부리는 장미꽃 문신한 젊은 남자가 아니다. 복도 한구석에서 수발 들어주는 사람 하나 없이 조용히 누워만 있는 환자가 원인 모를 뇌출혈로 금방 죽음에 이를지도 모른다는 상황이 눈에 보여야 생명을 놓치지 않는다.

죽음을 앞둔 환자가 있는 호스피스 병동에서도 사정은 마찬가지다. 사돈의 팔촌까지 문병 와서는 환자가 왜 이렇게 죽어가고 있느냐고 따져 묻는 가족이 많은 사람도 돌봐야 하지만, 일가친척 한 명 없이 혼자 허우적대면서 죽어가고 있는 환자의 말할 수 없는 고통도 알아차려야 한다. 내가 호스피스를 선택한 것은 결국 이렇게 인생의 마지막 통증을 치료하고 싶어서였다.

그러나 나는 "어떻게 의사가 죽어가는 사람에게 아무것도 하지 않고 가만히 있을 수 있는가?"라는 선입견에서 좀처럼 벗어날 수 없었다. 의사는 살리는 사람이어야 했다. 아니 살리지는 못할지라도 생명 연장에 좀 더 관심을 가져야 한다. 어떻게 의사가 사람을 살리려 하지 않고, 죽어가는 사람 옆에서 아무것도 하지 않고 지켜보기만 할 수 있단 말인가? 못 살리더라도 심폐 소생술이든 인공호흡이든 뭐라도 해야지.

"여러분의 부족한 의학 지식으로 살릴 수 있는 환자를 죽이면 죄를 짓는 것입니다. 뭐니 뭐니 해도 의사는 해박한 의학 지식이 최고입니다. 골든타임 아시죠? 신속한 진단, 정확한 치료."

수십 년 전 내가 다니던 의과 대학 시절에도, 지금도 우리는 그렇게 배우고 가르친다.

맞는 말이다. 그러므로 나는 호스피스에서 처음 일을 시작할 때부터 무언가 석연찮았다. 죽음을 준비하는 사람에게 도대체 의사가 무엇을 해줄 수 있단 말인가?

나는 죽음을 준비하는 사람도 아직은 살아 있다는 것을 깨달아야만 했다. 죽어가는 사람도 심장이 멈추기 직전 까지는 살아 있는 사람이기에 덜 아프고 덜 고통스럽게 마지막 순간을 보내야 할 권리가 있었다. 내 인생에서 가장 힘든 시기는 의사의 꿈을 포기해야 했을 때나 육체적으로 정신적으로 힘들었던 수련의 시절이 아니라 통증과 두려움이 몰려오는 인생의 마지막 순간일 것이라는 사실도 드디어 알고야 말았다.

복잡한 마음의 갈등에도 불구하고 호스피스 의사로 살았던 이유는 "구해줘!"라고 소리 없이 외치고 있는 당신들의 목소리가 들리기 때문이며, 힘들게 다가올 나의 마지막을 돌보기 위해서이다. 한평생 잘 살고 마지막에도 사랑받으면서 인생을 마무리하고 싶다는 바람…….

인생을 산다는 것은 세상에 놓인 하나의 다리를 건너는 것이다. 하지만 그저 다리를 건너는 일에만 집중한다면 세상의 아름다움은커녕 다리를 뒤흔들 고통과 혼돈의 시간이 다가오는 것을 알아차릴 수 없다. 뜨거운 마음으로 용기를 내어 자기 삶의 아웃사이더가 되어보기를. 삶이 끝난 뒤에 죽음이 오는 것이 아니라 삶 속에 죽음이 있음을 알아차리기를. 그래서 지금 이 순간이 가장 행복하다고 느끼면서 아름다운 마무리를 하게 되기를 바란다.

《건전지가 다하는 날까지》, 은방울꽃모임, 한울림, 2004.

《구해줘》, 기욤 뮈소, 밝은세상, 2006.

《그림책의 힘》, 가와이 하야오, 야나기다 구니오, 마츠이 다다시, 마고북스, 2003.

《나를 서 있게 하는 것은 다리가 아닌 영혼입니다》, 알베르트 에스피노사, 열음사, 2009.

《나쁜 소식 어떻게 전할까》, 우치토미 요스케 외, 국립암센터, 2008.

《납관부 일기》, 아오키 신몬, 문학세계사, 2009.

《내가 함께 있을게》, 볼프 에를브루흐, 웅진주니어, 2007.

《네 고통은 나뭇잎 하나 푸르게 하지 못한다》, 이성복, 문학동네, 2001.

《당신에게》, 모리사와 아키오, 샘터사, 2013.

《데이지의 인생》, 요시모토 바나나, 민음사, 2009.

《들꽃 진료소의 하루》, 도쿠나가 스스무, 샘터사, 2005.

《마지막 사진 한 장》, 베아테 라코타, 발터 셸스, 웅진지식하우스, 2008.

《멈추면, 비로소 보이는 것들》, 혜민 스님, 쌤앤파커스, 2012.

《받아들임》, 타라 브랙, 불광출판사, 2012.

《범죄의 해부학》, 마이클 스톤, 다산초당, 2010.

《법의학자가 풀어본 그림속 표정의 심리와 해부》, 문국진, 미진사, 2007.

《병원에서 죽는다는 것》, 야마자키 후미오, 잇북, 2011.

《비울수록 가득하네》, 정목 스님, 쌤앤파커스, 2013.

《사람은 어떻게 죽음을 맞이하는가》, 셔윈 눌랜드, 세종서적, 2010.

《사후 생》, 엘리자베스 퀴블러 로스, 대화문화아카데미, 2009.

《상실 수업》, 엘리자베스 퀴블러 로스, 데이비드 케슬러, 이레, 2007.

《생의 마지막 순간, 마주하게 되는 것들》, 기 코르노, 쌤앤파커스, 2012.

《생의 수레바퀴》, 엘리자베스 퀴블러 로스, 황금부엉이, 2009.

《세계의 끝과 하드보일드 원더랜드》, 무라카미 하루키, 문학사상사, 1996.

《어느 개의 죽음》, 장 그르니에, 민음사, 1997.

《어떻게 살인자를 변호할 수 있을까?》, 페르디난트 폰 쉬라크, 갈리온, 2010.

《오늘이 내 인생의 마지막 날이라면》, 나혜경, 최근주, 애플북스, 2014.

《웰다잉》, 데이비드 쿨, 바다출판사, 2005.

《인문학으로 창조하라》, 김상근, 멘토프레스, 2013.

《인생 수업》, 엘리자베스 퀴블러 로스, 데이비드 케슬러, 이레, 2006.

《주검이 말해주는 죽음》, 문국진, 오픈하우스, 2009.

《죽기 전에 더 늦기 전에》, 김여환, 청림출판, 2012.

《죽을 때 후회하는 스물다섯 가지》, 오츠 슈이치, 21세기북스, 2009.

《죽음의 수용소에서》, 빅터 프랭클, 청아출판사, 2005.

《죽음의 중지》, 주제 사라마구, 해냄, 2009.

《죽음의 춤》, 시몬느 드 보부아르, 한빛문화사, 2010.

《죽음이란 무엇인가?》, 셸리 케이건, 엘도라도, 2012.

《천국의 작은 새》, 조이스 캐럴 오츠, 올, 2011.

《최인호의 인생》, 최인호, 여백미디어, 2013.

《항암》, 다비드 세르방-슈레베르, 문학세계사, 2008.

《행복을 요리하는 의사》, 김여환, 시선, 2010.

《혼자 가야 해》, 조원희, 느림보, 2011.

그러니까 오늘 더 행복하세요

그러니까 오늘 더 사랑하세요

그러니까 오늘 더 안아주세요

처음도 마지막도

모두가 당신의 인생입니다